U0917941

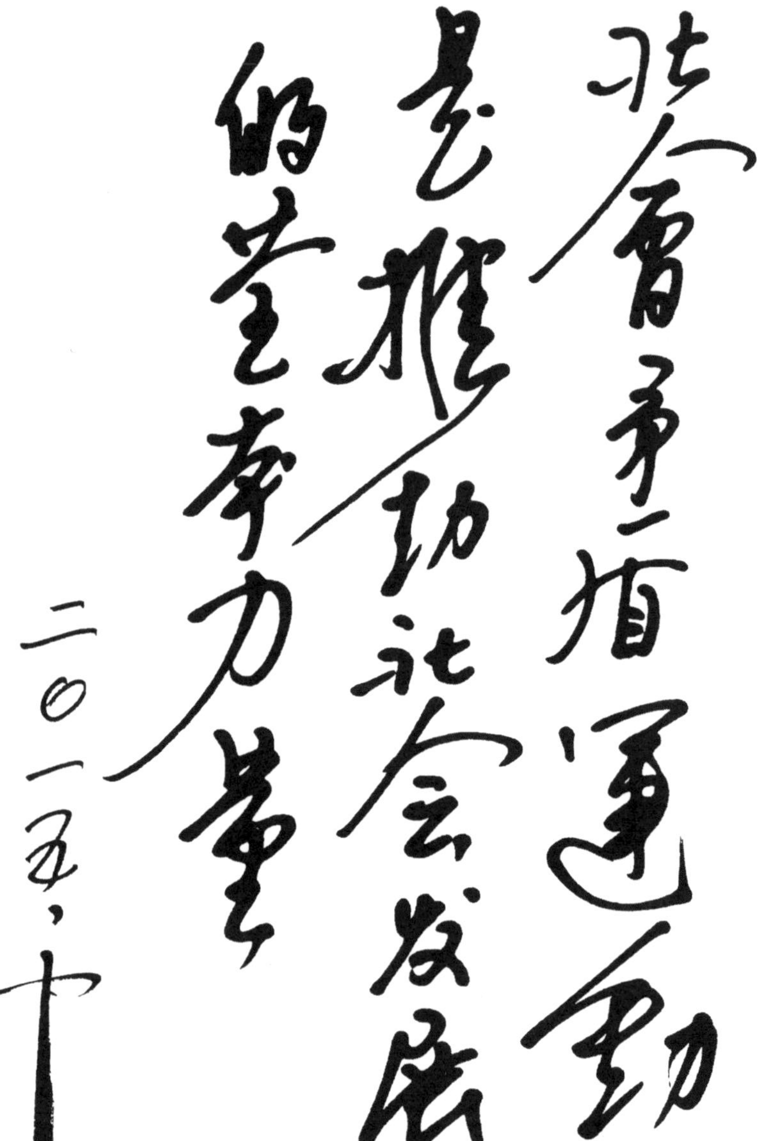
社會矛盾運動
是推動社會發展
的基本力量
二〇一五、十

田野寻问

全尚水 著

tianyexunwen tianyexunwen tianyexunwen tianyexunwen tianyexunwen

浙江工商大学出版社
ZHEJIANG GONGSHANG UNIVERSITY PRESS

图书在版编目(CIP)数据

田野寻问 / 全尚水著. —杭州：浙江工商大学出版社，2015.10

ISBN 978-7-5178-1232-6

Ⅰ.①田… Ⅱ.①全… Ⅲ.①新闻报道—作品集—中国—当代 Ⅳ.①I253

中国版本图书馆 CIP 数据核字(2015)第 184075 号

田野寻问

全尚水 著

责任编辑 张婷婷
封面设计 林朦朦
责任印制 包建辉
出版发行 浙江工商大学出版社
(杭州市教工路 198 号 邮政编码 310012)
(E-mail:zjgsupress@163.com)
(网址:http://www.zjgsupress.com)
电话:0571-88904980,88831806(传真)
排　　版 杭州朝曦图文设计有限公司
印　　刷 杭州五象印务有限公司
开　　本 889mm×1194mm 1/32
印　　张 6.75
字　　数 95 千
版 印 次 2015 年 10 月第 1 版 2015 年 10 月第 1 次印刷
书　　号 ISBN 978-7-5178-1232-6
定　　价 31.00 元

序

焰火划过夜空

孙昌建

看完尚水的书稿之后，我心里弥生一股沉郁之气，久久不能散去。因为从根子上说我们都是来自那一片泥土，最后也都将回到那泥土中去的。

我一直喜欢看一点接地气的文字，不是短平快式的，而是写作者至少有几年时间扎在那里的，这样的文字有时叫调查报告，有时叫报告文学，而但凡讲起这一块，我们总会提到费孝通，他的《乡土中国》是绕不过去的。事实上，中国的仁人志士和知识分子从来就没有放弃过对“三农”问题的破解，这样的事例不胜枚举，这样的书籍也是汗牛充栋。这其中有些文字和书可能会有争议，但它们发出的声音，正如焰火划过夜空，我们能视而不见吗?！曾有读者说过，读诸如反映农民问题的作品，会让我们的良心不得安宁——这不正说明我们还有良心，还在忧水忧粮，还在忧土忧民吗?！

尚水曾经是我的同道，但尚水比我专业和敬业。因为作为一名农民的儿子，当他成为一名记者之后，他没有忘记自己从哪里来，自己应该到哪里去。是的，记者有时仅仅是一种职业，是一个记录者，但当他的记录跟历史跟时代特别是跟农村和农民发生关系之后，那么这样的记录文字就像长在土地上的庄稼一样，它是具有生长性的，它是能够给庄稼人和全体人民带来福祉的，包括能给这个饭碗里添进白米饭和包子。今天我们读尚水十多年前的文字，有时会有一点恍如隔世之感，但一刹那间又会想到这还是当下，虽然具体的事件具体的人可能早已尘埃落定或盖棺论定，但这块土地还在，天空还在，人们赖以生存的社会关系和制度还在，书中的五大块内容，选、治、耕、迁、访，依然是“三农”中的焦点和痛点，或者说是痼疾吧。尤其是本书中的选、治、耕这三大块内容，有的或许正在治愈，有的则愈演愈烈，包括我本人，因为也曾经当过“知青”，在乡村中学也有十二载的生活经历，所以至今仍能听到一些生活在农村的学生讲起诸如选、治、耕的林林总总，不算天方夜谭吧，但听后仍觉触目惊心，包括本书没有涉及的诸多方面，那些还没有撩开的帷幕，那些在阳光下的黑暗，似乎在告诉我们：农村这本大书永远只有开头，有老的开头，有新的开头，但还远远没有到收官阶段。

尚水已经不做记者了，但我想这本作品应该是他的一个心结，一种情怀，一种寄托，更是他对父老乡亲的一种交代。我前面说记者是一个记录者，但尚水也不仅仅以当记录者为荣，他更是一个思索者，一个寻问者，表面上看他手里已经有了现成答案，但他仍在寻索，这似乎是在昭示我们，要么这答案是有问题的，要么解决问题的路径是荆棘丛生或根本就是走不通的……这正是出版这些“旧作”的意义所在，因为这是来自田野的“史记”，乍一看是阳光下的一块阴影，仔细打量则是我们与生俱来的胎记。

再扯开去说一点，自 1949 年以来，我以为凡是能让人记住的文学作品，大约都是写农村的，主人公也都是农民，前三十年以赵树理、柳青和浩然的作品为代表，后三十年以莫言、陈忠实的作品为代表，还包括余华和贾平凹的一些小说，这中间可能会有一些问题和主义之争。以此种文学文本来反观时代社会，便可以知道中国仍是一农业社会，农民问题仍是天下第一号问题，当然最近几年也出现了一些反映城镇生活的纪实作品，诸如写打工者的，写留守者的，写返乡者的，但他们的根仍是姓农的。而值得注意的是，几部被大家看好的作品却都是老外写的。

所以从这个意义上说，我为尚水的这本作品感到高兴，虽然它还谈不上丰沛，字里行间还多少有点犹豫和小心，但这丝毫不影响它的生命力。这反过来让我思考一种现象，当我们讲要把权力关进笼子里，要苍蝇和老虎一齐打时，我感觉在农村基层，实际上多的是苍蝇，难打难缠的也是苍蝇，因为这里有滋生苍蝇的土壤和环境。至于说老虎，它被勇者所打，于我们而言，从大处说是一种信心，从坊间说只是一种谈资。那么如何打苍蝇，除了有制度设计之外，我觉得最要依靠和相信的就是我们的农民，如果有一天你的某一级组织连农民都不相信不依靠了，那怎么让农民来相信你呢？有些人在观念和思维上，总是把某些有想法有要求的农民称之为“刁民”，总在怀念以前刮“龙卷风”的时期，如果长此以往，被“龙卷风”刮走的究竟会是谁呢？我相信这样的答案人人都有，不必由我来道破了吧。

沉郁之气不出不行，更有感于尚水的认真、用心和执着，也是承蒙编辑之托，不敢当序，唯一点心得而已。

开篇语

在中国，农民占了绝大多数；也可以说，农民代表了中国。从这个角度看，要解决好中国的问题，首先要解决好农民的问题。

中国改革开放前 20 年，我们更加重视城市经济，或者就叫工业经济。大约从 20 世纪 90 年代中期开始，农村暴露出来的种种问题，使我们不得不把目光转向农村、农业和农民。

“三农”问题，根本在农民问题。

关于农民问题，这些年社会各界谈得很多，但他们大多是站在“官员”或“学者”的角度，他们对农民问题的关注，也大多是出于“责任”或者“研究”。而我是站在一个农民儿子的角度去讲述“父亲”的真实故事，是出于内心的真实情感去关注“母亲”的健康问题。

自2000年以来，我以一名“内参记者”的身份，跑遍了数百个村，采访了许许多多的农民群众、基层干部和地方领导。多年的采访积累，为我写作本书提供了一些素材和思路；也正是那一段经历，让我对农村有了更深的感情。

我不敢说我写的都是正确的，但我是真诚的，我希望自己的文字能给关心农民的人们带去一点借鉴，也希望能给依然生活在大山里和已经生活在城市里为生活奔波的农民带去一点思考。

书中的地名和人名均为化名。

目录

CONTENTS

第一章

改革开放之前30年，农民想得最多的是“田”；

改革开放30多年来，农民想得最多的是“钱”；

今后30年，农民想得最多的应该是“权”。

农民想“田”，要的是生存；

农民想“钱”，要的是致富；

农民想“权”，要的是民主。

这，也许就是中国农村进步的根本标志，

尽管这种进步是艰难的，

甚至还会出现暂时的“倒退”……

第二章

利益集团和家族势力操纵村级组织选举直接带来的结果就是"强人治村"。"强人治村"本身并不是坏事，但当前的制度设计对"强人村官"缺乏应有的约束力，从而使"强人"逐渐蜕变为"恶人"，村民自治便成了"村官自治"。

"强人村官"变"恶人村官"，一个非常重要的原因，就是"恶人村官"难以得到严惩。"村官"，这个中国最小的官，在市场经济大潮中处于"失管"状态，他们似乎被中国轰轰烈烈的反腐败运动忽略了。

第三章

现行农村土地制度最大的问题，就是农村土地集体所有制"虚置"，地方官员实际掌握着集体所有制土地的处置权，而依地为生的农民却没有实质性的权利，这也是土地征用中屡屡引发干群冲突的根本原因。

从中国历史看，土地问题是关系朝代更替的政治问题，历代农民起义最直接的口号和诉求就是"耕者有其田"。当前值得注意的是，在城镇化进程中，我们不能仅仅解决"耕者有其居"，更应该解决"耕者有其业"。

第四章

人是生物性的，哪里有阳光就朝哪里生长。许许多多的中国农民，因为在农村生活得不够好，于是开始涌向城市，由此就有了“农民工”。

大量的民工长期不被城市接纳乃至受到歧视，直接导致他们产生“仇城”“仇官”“仇富”的“三仇”心态。农民工问题的治本之策，就是大力发展县域经济，打破城乡分割，统筹城乡就业，实施就地转移。

第五章

农村基层党组织是维护农民民主权利的“第一道保障线”。但是，自20世纪90年代以来，农村基层党组织建设“加而不强”，农民一旦遇到矛盾和困难，就不得不选择上访。

于是，全国近70万个行政村、9亿农民的矛盾和问题，因为“第一道保障线”的突破而迅速形成“喷泉效应”，由下而上喷泉般地涌向乡、县、市、省，直至中央机关。

第一章

改革开放之前 30 年，农民想得最多的是“田”；
改革开放 30 多年来，农民想得最多的是“钱”；
今后 30 年，农民想得最多的应该是“权”。
农民想“田”，要的是生存；
农民想“钱”，要的是致富；
农民想“权”，要的是民主。
这，也许就是中国农村进步的根本标志，
尽管这种进步是艰难的，
甚至还会出现暂时的“倒退”……

◇ **清河村“能人”的博弈**
◇ **从“牛万元”到“牛十万”**
◇ **“简单”而“棘手”的四大问题**

清河村“能人”的博弈

“村官”,是中国最小的官,也是中国最多的官。古时候,人们称九品县令为“芝麻官”,如此说,“村官”只能算是个“芝麻粉”的官儿。可就是这么个“粉官”,对农村老百姓来说却是他们“最怕”的官。也许正是基于这样的原因,三年一度的“村官”选举总是因为掺杂太多太多的利益纠葛而闹得沸沸扬扬。

我要讲述的第一个案例,是关于村支书选举的事件,事件发生在吉县黄岗乡清河村。

清河村以傍水而居得名,全村千余人,拥有两千多亩土地。2000 年以来,由于开发区的建设,这个村的大部分土地已被征用,多数村民也已从事非农产业。清河村是我们城市化进程中一个典型的“城中村”,大面积的征地,使村民得到一笔不小的补偿,也使村集体经济“一夜暴富”,至2004年,村集体的征地提留款已达500多万元。在经济欠发达的吉县,清河村算得上是一个富村。

就是在这样的背景下,2004年9月,清河村拉开了党支部换届选举的序幕。

现任清河村党支部书记刘卫国和黄岗乡政府退休职工李富民是新一届村党支部书记的主要竞选人。今年52岁的刘卫国已连任村支书15年,连续6年书记、主任“一肩挑”,在当地可谓是德高望重。李富民原本就是清河村村民,长期被乡政府聘用,刚于半年前退休回村,在村里也算得上是一大能人。

一边是能人回乡志在必得,一边是坐镇一方德高望重,清河村党支部换届选举就在两位能人的争夺中拉开。

“城中村”往往伴随着城市建设征地,这使得这里的“村官”含金量倍增。谁当上了村支书、村主任,就意味着谁对村里的土地资源、征地补偿有了主导的支配权,这正是引发“村官”竞选争夺战的“导火索”。

清河村这次选举先后进行三轮投票。

9月13日,第一轮,由全体党员和村民代表推选出新一届党

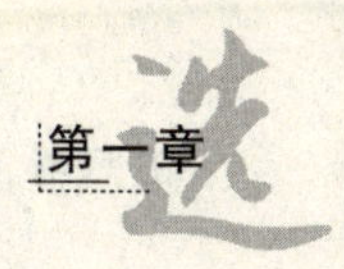

支部7名初步候选人。第一回合,李富民得票暂时领先,名列第二,刘卫国名列第四。

9月17日,第二轮,7名初步候选人有5人参加竞选演讲(另有2人弃权),参加投票的仍然是党员和村民代表。第二回合,李富民得票继续领先,仍名列第二,刘卫国也不甘落后,排名上升到第三。

9月20日,第三轮,这一轮是党内选举,由全体党员投票产生新一届村党支部3名支部委员拟任人选。第三回合,李富民得票跃居榜首,刘卫国回落第四,最终落选。

选举工作进行到这里,接下来要做的就是通过一定的组织程序确认选举结果,产生新一届清河村党支部。

可就在这当儿,事情发生了戏剧性变化。省、市、县三级组织部门收到了清河村部分党员和村民群众的联名举报信,他们对这次选举提出了异议,认为选举结果不合法。

清河村这次选举采用的是省委组织部在年初农村基层组织建设工作会议上提出的"两推一选"办法,"两推"就是群众推荐、党员推荐,"一选"就是党内选举。相对于传统“党内举手”的办法来说，“两推一选”办法有了很大的突破，这一新做法将党内民主延伸到了普通村民群众，应该说这是农村基层组织选举的一大进步。换句话说，清河村这次选举在制度上是合法的。

那么，为什么一项合法的制度，却产生不出合法的结果？

一些村民反映：早在选举开始前一个月，李富民就开始了他的拉票活动，他指使亲戚挨家挨户游说。特别是在第二轮推选中竞争对手刘卫国得票回升之后，李富民竟然雇佣亲戚朋友、社会闲杂人员，还有个别规正人员（以前称劳改、解除劳教人员）数十人，对没有把握投他票的部分党员进行“监视”，以防刘卫国一方上门拉票。

民主，就像一部高档轿车，它不仅需要具备相应驾驶技能的人去驾驶，更需要具备相应素质的人去乘坐，不然，这部高档轿车就容易被糟蹋。

就在那几天里，邻村的赵老六上清河村老党员徐土根家串门，刚点上烟，就被李富民雇佣的、正在执行“监视”任务的“小胡子”发现。“小胡子”气势汹汹地冲进徐家，对赵老六吼道：“赶快滚回去，不然叫你走不出村。”本来就老实巴交的赵老六见状慌忙离开。

调查中,一位村民塞给我一张纸条,纸条上歪歪斜斜写着几行字,大致意思是:“小胡子”是李富民手下的干将,李富民许诺“小胡子”,只要他当选村支书,就让“小胡子”当村主任,并给了“小胡子”2000元钱。

徐土根告诉我说,“小胡子”只不过是李富民的一个马前卒,李富民手下的真正干将是一个叫钱大成的人。钱大成在黄岗乡长期搞工程承包,财大气粗,选举一开始,他就放话要花 100 万元拿下村支书和村主任。新产生的 3 名党支部委员拟任人选,都集中在李富民所在的李村自然村,另外两个自然村都没人能当选。

一些村民已经开始担忧,如果李富民当上村支书,包工头钱大成在他背后将会扮演一个什么样的角色,钱大成一旦介入村务,不仅村集体经济难保安全,连一些干部也要被拉下水。有村民反映,就在几年前,钱大成因讨要工程款不顺利,一气之下,把 4 名干部送进了监狱。

李富民究竟何许人?作为一名党员,他长期在乡政府工作，应该知道党的选举纪律，为什么竟敢如此明目张胆采取非组织行为，甚至还公然与一个包工头搅在一起？

带着重重疑问，我找到了李富民家。停在他家门口那辆帕萨特轿车，印证了调查中一直压在我心里的一个问题——我被跟踪了。就在昨天，就是这辆轿车几次鬼鬼祟祟出现在我的身后，驾车的那个探头探脑的胖子此时就在李家。后来得知，这个胖子就是李富民的女婿。

李富民早已严阵以待，他神情严肃端坐在大堂中间，一脚着地，一脚抬放在长凳上，一言不发。在他两侧一字排开站着五六个拉着长脸的彪形大汉，那架势像是从武打片里学来的。

我装作若无其事地走进去，下面是我与李富民的一段对话：

"你好，你是李富民吗？"

"什么事？"李富民阴沉着脸。

"我想向你了解一下有关清河村党支部选举的一些情况。"

"这种事也劳你兴师动众？"显然，李富民已经知

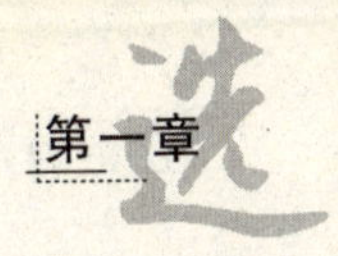

道我的身份。

“我只想了解事情的真相，我会给任何人平等说话的机会，当然，你可以放弃你的权利。”

李富民见我并无“恶意”，差人给我上了一杯茶。显然，他已经同意接受我的调查采访。

我直奔主题：“有人反映你在选举中聚众闹事。”

李富民并不回避：“聚众是有，但没闹事。刘卫国这个人脾气很暴，叫几个亲戚朋友，只是为了防身。”

“可是你叫来的不仅是亲戚朋友，还有社会闲杂人员和个别劳改、解除劳教人员。”

“什么叫闲杂人员？这明显带有歧视。”李富民的话不无道理，但现在都习惯这么说。

“有村民反映，你还采取监视党员、贿赂党员和村民群众等非法手段进行拉票活动。”

“证据呢？”李富民反问，“什么是贿选？什么是拉票？到党员群众家里表达自己参加竞选的意愿算不算拉票？借钱给村民算不算贿选？”

“拉票”“贿选”是村级组织选举中的两大“顽症”。拉票、贿选现象之所以屡禁不止，制度本身的缺陷是一大诱因。现行党的基层组织选举条例、村民委员会组织法以及地方配套出台的有关规定，对“贿选”“拉票”等行为的甄别和处理缺乏具体、明确、刚性的条文，由此直接导致有关部门在调查处理中，往往因为取证困难或缺乏法律依据，而不能及时、有效、准确地对当事人做出处理。

李富民提出的一连串问题，正是现阶段村级组织选举制度的“软肋”，“拉票”和“贿选”在实践中是很难界定的，更难以取证，这也是当前困扰农村基层选举最大的问题。

在场的几个彪形大汉中，有一个胖高个显得特别激动，他就是一些村民所说的李富民手下的干将——包工头钱大成。

钱大成直言不讳：“美国总统也只能连任两届，刘卫国已经连任五届村支书，难道就不能让其他人当几年？”

钱大成的话颇有几分道理，目前我国对“村官”连续任职的年限还没有硬性规定，在农村当十几、二十年“村官”的大有人在。正因如此，当前我们的村干部队伍普遍老化，有的村甚至出现“五个党员六颗牙齿”的现象。

那么，刘卫国又是何许人？他连任村支书 15 年之久，是村民群众真正认可，还是另有原因？

调查采访中，黄岗乡的干部和清河村的群众对刘卫国这个人并无太大争议，评价也比较一致，普遍认为刘卫国有能力、有魄力、有威望，为官廉洁、处事

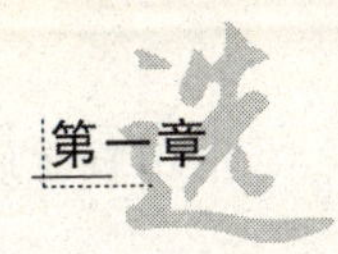

公平，从不拿村集体一分钱，有时甚至自己贴钱为村里办事。多数村民反映，在刘卫国担任村支书的15年时间里，为村民办了不少实事，村党支部还多次被评为县、市先进农村基层党组织。但也有一些村民反映，刘卫国脾气暴躁，常有村民被骂得狗血喷头，他虽然不贪不占，但村支书这个宝座客观上为他办工厂、揽工程、开酒家提供了不少便利条件。据了解，这么些年来，刘卫国赚了不少钱，早年就买了轿车，盖了别墅。这部分村民还认为，刘卫国之所以不肯退下来，主要原因就在这里。

在接受采访时，刘卫国有些后悔，他说："现在回想起来我太麻痹了，从第二轮推选结束到第三轮选举开始的两天时间里，来我家串门的人突然少了，有的党员一夜变脸，路上照面也不像前几天那么热情，当时我就有预感，他们可能已经被李富民收买了。""如果我也像李富民那样采取一些手段，结果可能就不是今天这个样子，但是我胆子太小，顾虑也太多。"

成也支书，败也支书。如果把清河村这次换届选举比作一场擂台赛，那么，连任15年村支书的刘卫国是第一回遇到李富民这样强势的竞争对手，尽管他知道李富民是有备而来的，但他对自己十多年来在村民群众中树立起来的威望深信不疑。直至竞选开始，面对李富民不太讲游戏规则的挑战，刘卫国有些惊慌失措，为了不至于太丢面子，他学样李富民，纠集亲戚朋友数十人给自己壮胆助威。但他毕竟当了十多年的村支书，受党的教育比较多，知道党的纪律，他不敢像李富民那样大胆放手地拉票，最后在顾虑重重中败下阵来。

李富民和刘卫国之间的竞选争夺战在当地造成恶劣的影响，并引起了省委领导的高度重视，在省、市有关部门的督办下，吉县县委、黄岗乡党委成立了专门的调查组。调查认为，刘卫国和李富民作为共产党员，本应带头执行选举的各项制度规定，但他们为了达到各自当选的目的，置党的纪律于不顾，纵容和指使他人以非组织行为干扰党内正常选举活动，在党员群众中造成极坏的影响。最终，黄岗乡党委对李、刘两人进行了严肃的批评教育，并取消李富民本次村支委的当选资格。

至此，清河村前后历经数月的党支部换届选举

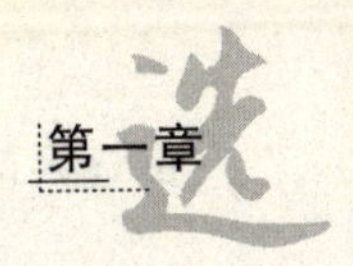

终在两大利益集团的争夺中宣告流产，原计划随后举行的村委会换届选举也因此搁浅。据了解，这次吉县在黄岗乡进行的换届选举试点，不仅在清河村出了问题，全乡 11 个行政村有 4 个村宣告选举失败，原因同出一辙——利益集团之争。

在接下来的一段时间里，以刘卫国和李富民为代表的两大利益集团走上了漫漫的上访路，他们拉标语，喊口号，多次群体上访县、市党委和政府，还给省里和中央去信。以刘卫国为代表的一方，强烈要求重新进行换届选举；以李富民为代表的一方，则要求确认已经产生的选举结果。

面对如此僵局，当地党委、政府陷入了两难境地，他们支持任何一方都会出现不安定因素，甚至很可能引发冲突事件。为了不至于使清河村党支部班子出现空白，黄岗乡党委采取了直接任命的方式，任命乡政府驻村干部赵勇为清河村新一届党支部书记。对此，村里多数党员和村民群众并不认可，党支部自然也就无法开展工作。可以说，在后来的三年时间里，清河村“两委”基本处于瘫痪状态。

从“牛万元”到“牛十万”

用农民群众的说法，选“村官”分为“选书记”和“选村长”（农民群众习惯称之为“村长”），也就是我们常说的村“两委”（村级党组织和村委会）选举。上文发生在清河村的选举事件就是由“选书记”引发的。

在实践中，“选书记”的竞争并不算太激烈，尽管现在一些地方采用了“两推一选”的办法，把村级党组织选举从传统的“党内举手”扩大到党外村民代表参与推荐，但不管怎么说，参加选举的人毕竟是少数党员和村民代表。

相比之下，“选村长”的竞争就要激烈得多，特别是村委会实行“海选”之后，凡是年满18周岁、没有被剥夺政治权利的村民，都可以直接参加选举，穷人与富人、弱者与强者都同样拥有他坚挺的一票。所以，谁要是想当村委会主任，并不是一件容易的事。

接下来我要讲述的就是一个关于“选村长”的案例，事件发生在2003年6月，石城县冰壶镇女儿溪村。

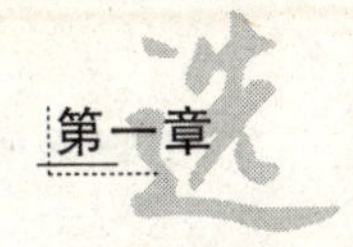

女儿溪村，不像它的名字那么令人富有想象，村里的环境甚至可以用“脏、乱、差”来形容，垃圾满地，蝇虫飞舞……如果说上文的清河村是一个富裕村，那么女儿溪村就是一个“空壳村”。可令人费解的是，就在这么一个贫穷落后的地方，竟然有人在村主任竞选中一掷千金，一口气砸下十几万元。

砸钱的人就是女儿溪村一个叫牛二的村民，他在方圆十里无人不晓，人们都习惯喊他“牛万元”。大家喊他“牛万元”是有来历的。据说，在20世纪80年代，县里要评选“万元户”，牛二把自家里里外外、死的活的翻了个遍，连家里三只老母鸡一年能下几个蛋都一并估算进去，凑齐了“万元年收入”，就跑到镇政府要求评他为“万元户”，镇领导正愁着填不满名额，就把他给报了上去，从此牛二便成了全镇人人知晓的“万元户”，并因此得了个雅号——“牛万元”。

这事虽说有些滑稽，但牛万元却因此成为镇上的“红人”，与镇领导扯上了关系，并开始承包镇里大大小小的工程，成为女儿溪村先富起来的人。

村民们见“牛万元”脑子活络，又有镇上的关系，

1994年就选他当了村主任，希望他带领村民一起脱贫致富，搞出个“小康村”来。可事与愿违，“牛万元”让全村人大失所望，他不但没有带领村民致富，反而把县里下拨的几万元修路款挪为己用。在后两届选举中，“牛万元”自然也就落选了。

机会又来了。

2003年6月，女儿溪村新一届村委会开选，“牛万元”想东山再起，再当村主任，但他比谁都清楚，相比1994年的那一届，这次要难得多。上次采用的是村民代表选举，参加选举的代表也就那么几十号人，而这次采用的是“海选”，得由全村500多选民直接投票决定。更为关键的是，过去村民群众是相信他的，而现在许多人对他已经失去了信任。

“牛万元”虽然只做过一届村主任，但他已经尝到了“当官”的甜头，面对眼前不利的局面，搞工程已经搞出门道的“牛万元”开始了他的“拉票”活动。

“牛万元”一次性购买雄狮牌香烟200条，以一条香烟换取一张选票贿赂村民，对选票集中的大户，牛万元干脆用现金交易。村民李峰一家四代同堂，拥有近30张选票，“牛万元”承诺给他们20000元。

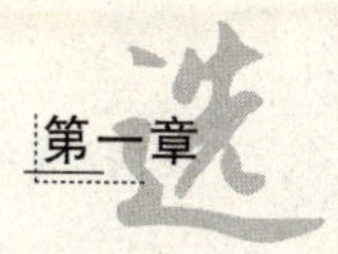

“吃人家的嘴软，拿人家的手短”，许多村民对“牛万元”的贿赂并不理会。“牛万元”就以 1995 年承包工程时拖欠村民长达 8 年的劳务费相要挟，他公开放言：“谁不选我，工钱就一笔勾销。”村民牛家宝还有 5000 多元血汗钱攥在“牛万元”手里，不得已将全家的 4 张选票“委托”给了“牛万元”。

面对强势的利益集团和家族势力，作为弱势的个体选民对自己神圣的一票开始犹豫、冷漠和失望，一些村民便产生了这样一种心态——反正自己这一票也起不了什么作用，干脆把选票“卖”了，得个眼前实惠。这就给利益集团和家族势力的“贿选”“拉票”提供了巨大的空间。

“牛万元”之所以如此肆无忌惮，一个重要原因就是他与镇里的一些干部有着说不清、扯不断的关系，有的干部甚至还帮着拉票。调查中，村里的老会计李建强告诉我：“那天夜里，副镇长亲自给我打电话说，只要我选‘牛万元’，村会计还是给我当。”李建强愤怒地回应：“这个破会计，谁想当谁当去。”

不仅如此，“牛万元”为防止其他候选人上村民家拉票，还以每天 50—100 元的工钱雇人对“立场不坚定”的村民进行监控。

在“牛万元”的威逼利诱下，女儿溪村上演了一出啼笑皆非的选举闹剧。

2003年6月6日，第一轮选举。

村民们通过“海推”产生了5名初步候选人，村选举委员会将候选人名单上报镇党委和镇政府政审，同时提出，根据镇里下发的选举工作实施意见规定，“牛万元”因在1994年至1997年担任村主任期间占用集体资金6.7万元等问题，不宜成为新一届村主任候选人。镇党委书面答复称：“牛万元”欠村里的钱已交到镇政府。“牛万元”因此通过了政审关，成为正式候选人。

“村官”竞选一届比一届激烈，这本来不是什么坏事，问题在于，这种竞争显得有些失序。特别是一些人为了达到当选的目的，把商品经济手段运用到政治生活之中，他们或用钱买选票，或以物换选票，“贿选”“拉票”层出不穷，选举“闹剧”时有上演。更加值得注意的是，他们的违规违纪行为，往往得到乡镇领导的默许，甚至是支持。

让镇领导大感意外的是，在第二轮正式选举中，5名候选人只有1名委员候选人得票过半，选举宣告失败。

12月6日，女儿溪村村委会换届选举推倒重来。

在重新进行的第一轮初选中，“牛万元”再次成为村主任的初步候选人。此时，村选举委员会经过调查发现，“牛万元”并没有退出被他占用的村集体资金，当初他把钱交到镇政府只是为了掩人耳目，这笔钱早已由镇长

亲自签批退还“牛万元”。于是，村选举委员会再次向镇党委提出“牛万元”不宜成为村主任候选人的建议。岂知，镇党委不但不予采纳，而且绕开村选举委员会，张贴公告确认“牛万元”为新一届村主任正式候选人。

官逼民访，女儿溪村部分村民蜂拥前往镇党委和镇政府，要求立即纠正。让村民们始料未及的是，镇党委不但不予纠正，反而于12月13日派出大批干部进驻女儿溪村，他们撬开村会堂大门，在村选举委员会只有1名成员在场的情况下，强行进行第二轮选举。

就在镇干部撬开会堂大门时，保管钥匙的李木生老人上前阻止，竟被一名干部打昏在地。李木生的大儿子李春风说：“以前不知道什么叫强奸民意，现在知道了。”

在第二轮选举中，全村550位选民到场的只有135人，这些人绝大部分是“牛万元”的亲信。值得注意的是，虽然到场的只有100多人，而“牛万元”却以352票的绝对优势当选。也就是说，“牛万元”的亲信平均每人投了他3票，这其中的大部分选票是村民在“牛万元”的软硬兼施下，“委托”给“牛万元”及其亲信的。

“牛万元”为了拉票，可谓挖空心思。他对一些拿了他好处的村民不放心，就要求这些村民在选票上做记号，于是一些选票上就出现了“天”“子”“人”“口”“日”“月”“田”“井”等标记。更为离奇的是，选举还“惊动”了九泉之下的两位先人，“牛长发”“李松岩”是女儿溪村去世多年的老人，两老的名字居然也被子孙们搬上了选票做记号。

为能一见“牛万元”的庐山真面目，我拨通了他的手机，他婉言拒绝了采访，之后便“不在服务区”了。

我辗转找到了镇里的有关干部，他表示，只要不暴露他的身份，他愿意接受采访。我就在公路边开始了与他的对话：

“‘牛万元’是不是符合村主任候选人条件？”

村级组织选举之所以容易“变味”，根本原因在于利益之争。如果竞选者是私营企业老板，他们往往把“村官”看成政治上的“红帽”、经营上的“资源”；如果竞选者是大家族中的领头人，那就是“家族政治”的产物，他们把“村官”视作“护身符”，获取政治地位，寻求自我保护，图谋家族利益。

“明摆着是不符合的。他长期占用村集体资金至今没有退出，属于镇党委和镇政府规定的不宜成为村主任候选人的五种情况之一。”

“你对‘牛万元’如何评价？”

“‘牛万元’脑子很好使，有经

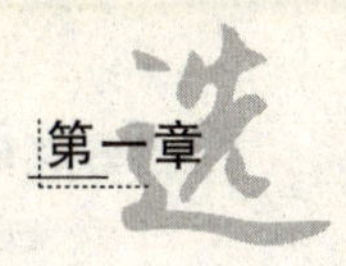

济头脑，但他不会把心思放在村集体上，而是放在自己的工程上。”

“‘牛万元’一直都在做工程，为什么会来竞选村主任？”

“人，一旦有了钱以后，就开始要荣誉、要参政、要‘红帽子’，要这些的目的最终还是为了方便他自己挣钱。”

“女儿溪村这么穷，当个村主任又能得到多少好处？”

“再穷的村都是长在地球上，一样有土地、有山林，再穷的村都有一枚公章，公章加资源就等于钱。‘牛万元’是搞工程的，近几年还做沙石料生意，说不定哪一天，他看中了女儿溪的哪块河滩，自己打个报告加盖公章就可以报批了。还有很重要的一点，村主任本身就是一种无形资源，有了这顶帽子，上面要找他，下面要求他，从中会得到不少好处。”

“关于村级组织不是有许多制度约束吗？”

“制度倒是不少，中央的、省里的、市里的、县里的，还有镇里的，但这些层层订立的制度谁去执行？何况对领导干部尤其是‘一把手’来说，这些制度并不能起多大的作用。”

“村里不是有村民代表大会，还有财务监督小组吗？”

“大家每天都生活在一起，低头不见抬头见，谁都不想得罪人。村民有意见，最多也就私下说说，即便有人站出来监督，也不一定起作用，‘牛万元’与镇领导的关系硬得很。”

“那么，镇领导为什么会支持‘牛万元’这样的人当村主任呢？”

“镇领导想要的村主任和老百姓想要的村主任是不一样的，镇里首先要的是听话的村主任，而不是为民办事的村主任。至于村主任能不能带领村民致富，能不能发展村集体经济，那是另一码事。”

“在你们这个县，其他村的换届选举情况怎样？”

“大同小异，几乎每个村的选举竞争都很激烈，也几乎每个村的选举都存在不规范的地方，只不过有的村闹出问题来了，有的村没把问题闹大。表面上看是选举之争，其实是利益之争。”

“你对现在的农村问题怎么看？”

“我在乡镇已经待了 30 多年，现在农村工作越来越难做，过去是一千个人一条心，而现在是一千个人一千条心。另外，乡镇干部的工作方法也还没有从管理转向指导和服务，即便思想观念转过来了，但怎么指导、怎么服务，是令许多干部头痛的问题。”

2003 年 12 月 13 日这一天，对“牛万元”来说是一个具有纪念意义的日子，因为这一天，他再次登上了村主任的宝座，而且“身价”倍增。据知情的村民说，这次牛万元为能当上村主任，一共砸下了十多万元，有的村民私下已经开始喊他“牛十万”。

而这一天，对李木生老人来说也是终生难忘的，因为这一天，他为了守护村会堂的大门，被镇干部打进了医院。这位年近七旬的老人因此花去了几千元的医药费，最终却被镇领导定性为“无理取闹”。

但不管怎么说，历经半年，女儿溪村村委会换届选举工作总算结束了，选举选出了新任村主任“牛十万”，成立了新一届村委会。说不准，因为“牛十万”的当选，冰壶镇党委和政府《关于新一届村级组织换届选举的工作总结》里还会增添“精彩一笔”。

就在我结束对女儿溪村的调查采访时，距女儿溪村百里之外的一个知名经济重镇，14 个村刮起了“贿选风”，卷入贿选的村民竟达20000多人，投身贿选的当事人有40多人。贿选形式五花八门，一些候选人投入贿选的资金少则10多万元，多的高达50万元。

“简单”而“棘手”的四大问题

先后发生在清河村和女儿溪村的选举“闹剧”，虽然只是个例，却具有一定的代表性。

> 在实际工作中，有一个问题必须引起我们的重视，这就是不少政府官员以“多数”否定“少数”的惯性思维，某件事只要“好的”占了多数，就认为是“正常的”或者是“成功的”。在这种思维下，他们往往忽视了对新情况、新问题、新矛盾、新趋势的发现和研究。“多数”固然反映了事物的普遍性，代表事物发展的大趋势，而“少数”，虽然反映的是事物的特殊性，却代表了事物发展的新趋势。就以村级组织换届选举而言，尽管出现非正常状况的“毕竟少数”，但恰恰是这“少数”，集中暴露了当前村级组织选举中的新问题和新矛盾，反映的是新情况和新趋势。

也许有人会问，究竟有多少村在“两委”换届选举中出现非正常状况。我可以告诉大家，无论是官方还是民间，都很难给出一个准确的统计数据，一些农民群众说“普遍存在”，而一些官员则说“毕竟少数”，我宁可相信后者。可“毕竟少数”是一个什么概念？一个省有几万个行政村，10％就是几千个村的问题。几千个村又是一个什么概念？那可是事关几

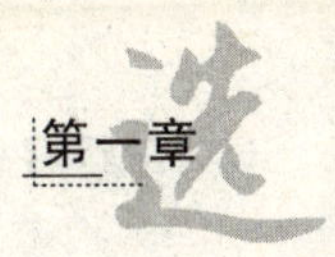

百万人的问题。

在这里，我们暂且不去纠缠这个问题，但另一个问题必须引起我们的重视，这就是不少政府官员以“多数”去否定“少数”的惯性思维，某一件事情只要“好的”占了多数，就认为是“正常的”或者是“成功的”。在这种思维下，他们往往忽视了对新情况、新问题、新矛盾、新趋势的发现和研究。“多数”固然反映了事物的普遍性，代表事物发展的大趋势，而“少数”，虽然反映的是事物的特殊性，却代表了事物发展的新趋势。就以村级组织换届选举而言，尽管出现非正常状况的“毕竟少数”，但恰恰是这“少数”，集中暴露了当前村级组织选举中的新问题和新矛盾，反映的是新情况和新趋势。

从这些年来的情况看，在村级组织选举中至少有四大问题值得我们去关注和研究。这四大问题简单而又复杂。说它简单，是因为这些问题谁都看到了；说它复杂，是因为对这些问题谁都感到棘手。

问题一：乡官有令难行。一般来说，在村级组织换届选举工作推开之前，省、市、县、乡党委和政府都会成立专门班子，下发专门文件，就候选人的年龄、文化程度、政治素质等条件做出明确规定，同时还会严明选举纪律，明令不得拉票、贿选和进行非组织活动。但在实际操作中，这些“红头文件”往往难以落地，最终推选出来的“村官”，小学文化的有之，年近花甲的有之，拉票、贿选，甚至以武力威胁的有之……这其中的原因并不复杂，主要是乡镇党委和政府对既不拿政府工资津贴又不靠政府升职晋级的村干部缺乏约束力。从理论上说，对违反选举纪律者，可在县、乡选举工作领导小组的领导下，由村选举委员会做出处理，可村选举委员会更加缺乏手段，空手打老虎——连胆都没有。即便是对选举中违反治安管理条例的，乡镇党委和政府也不敢轻易动用公安机关，唯恐引发群体性事件。

总而言之，村级组织换届选举能否顺利进行，基本依赖于村民群众的自觉性，但在利益和武力面前，这种自觉性往往是苍白无力的。如此，在选举中出现各种各样的问题几乎成了必然，就如上文冰壶镇那位干部说的，“只不过有的村闹出问题来了，有的村还没把问题闹大”。

问题二:“村官”后继乏人。当前,农民群众的素质与农村经济社会发展的需要、农村党员队伍的现状与村民群众的期望形成了巨大的反差。前面已说到,就像一部好的轿车,司机必须具备相应的驾驶技能,乘车人也必须具备相应的素质,不然这部轿车就会被糟蹋。

在当前农村党员队伍中,初中及以下文化程度的占了绝大多数,还有一部分是小学文化,有的甚至是文盲。调查采访中,我遇到了这样一位村支部委员,他的竞选演讲通篇不过五六百字,但其中非常明显的错别字就有20多处,比如:把“致富本领”写成“支付本领”,把“自身廉洁”写成“自身连接”,把“初步掌握”写成“直步撑握”,把“项目”写成“贡目”,把“誓言”写成“词言”,把“指正”写成“指证”,等等,让人看了哭笑不得。一些村民群众质问:连“致富”都写错的人,又怎么能带领大家致富呢?

尽管这几年一些大学生也走向农村,但对于量大面广的农村来说,只是杯水车薪。何况在这些大学生中,真正一心一意想在农村工作的并不多,有的大学生只是把下农村工作作为一个跳板而已,即便是那些真心实意想在农村工作的，也还一时难以派上用场，远水难解近渴。

问题三：利益集团猖獗。村级组织选举之所以“变味”，根本问题在于利益之争。调查发现，参与竞选者如果是私营企业老板或是村里的有钱人，他们往往把“村官”看成是政治上的“红帽”、经营上的“资源”。他们参与竞选的目的，一方面是为了获得政治地位，为村里办些好事实事；另一方面也把竞选村干部当作一项投资，从中获取经济上的利益。参加竞选的如果是大家族中的领头人，那就是“家族政治”的产物。他们把“村官”视作“护身符”，参与竞选并不指望在任期内捞到多少经济上的好处，也不想为村里干出什么实事来，主要是为了获取政治地位，寻求自我保护，图谋家族利益。

总之，不管是富村还是穷村，利益集团、家族势力很大程度左右着村级组织选举，他们要么以利益关系为纽带，要么以家族血统为基础，形成一个又一个非正常群体，不同的群体为实现各自的目的，往往采取种种手段干扰正常选举。集团势力的强弱直接决定着选举的最终结果，选举结果又直接决定着利

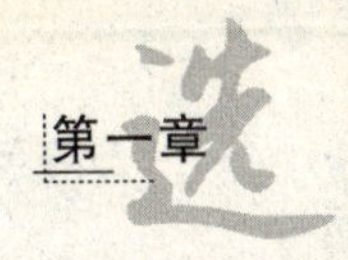

益的再分配。面对强势的利益集团和家族势力，作为弱势的个体选民对自己神圣的一票开始犹豫、冷漠、失望，很多村民群众产生了这样一种心态——反正自己这一票起不了什么作用，干脆图个眼前实惠，把选票给“卖”了。这就给利益集团和家族势力的贿选、拉票提供了巨大的空间。

问题四：村选制度残缺。调查发现，拉票、贿选是利益集团和家族势力通常采用的手段，是村级组织选举中的一大“顽症”。而拉票、贿选现象之所以屡禁不止，制度本身的缺陷是一大诱因。

许多基层干部反映，现行党的基层组织选举条例、村民委员会组织法以及地方配套出台的实施细则都存在盲区。一些规定过于原则和笼统，一旦遇到问题操作性不强，特别是对贿选、拉票等行为的甄别、处理缺乏具体、明确、刚性的条文，直接导致有关部门在调查处理中，往往因取证困难或因缺乏法律依据，而不能及时有效地做出处理和纠正。

需要注意的是，随着农村经济社会的发展，农民的法治意识增强了，法律水平提高了，钻制度和法律“空子”的能力也在增强。有的利益集团和家族势力成员对某些制度的研究甚至超过了一些基层干部。比如：向村民群众表达自己参加竞选的意愿算不算拉票？借钱给村民算不算贿选？集团头目们这些理直气壮的问题，把我们的一些干部问得瞠目结舌。

第二章

利益集团和家族势力操纵村级组织选举直接带来的结果就是“强人治村”。“强人治村”本身并不是坏事,但当前的制度设计对“强人村官”缺乏应有的约束力,从而使“强人”逐渐蜕变为“恶人”,村民自治便成了“村官自治”。

“强人村官”变“恶人村官”,一个非常重要的原因,就是“恶人村官”难以得到严惩。“村官”,这个中国最小的官,在市场经济大潮中处于“失管”状态,他们似乎被中国轰轰烈烈的反腐败运动忽略了。

王卜仁“铁拳”治村记

2001年8月21日，一个极其普通的日子，但青山县西桥镇朝阳村平日外出谋生的村民纷纷回村，这一天，或许是朝阳村一年中除春节以外人头最齐的一天，虽然家家户户并不像过年那样张灯结彩，村民们言语也不多，但喜悦之情溢于脸上，脚步也比往日轻快了许多。

是的，这一天，对朝阳村的老百姓来说是一个值得庆祝的日子。因为这一天，在中央领导的关注下，横行乡里多年的村支书王卜仁将得到应有的惩处，西桥镇党委将于晚上七点在朝阳村召开村民大会，宣布对王卜仁的处理决定。

尽管消息早在几天前就传进了村，但村民们还是希望那扬眉吐气的时刻早些到来。

夏日的一天特别的长，村民们左等右盼总算熬到了夕阳西下，他们早早吃过晚饭，自发地朝村会堂那边集聚，离开会时间还有一个多小时，会堂就已经挤满了人。

> 客观地说，无论是通过合法程序选举产生的“村官”，还是通过非组织途径产生的“村官”，他们与一般村民群众相比，都称得上是“能人”。他们要么群众公信力较高，要么在发展经济上有一套，特别是后者，他们头脑灵活、观念开放、接受新事物快、敢闯敢拼。这些人进入村干部队伍不能不说是一件好事，但当前“能人村官”群体的现状不容乐观：其一，上任后，逐渐偏离群众，违法乱纪，贪污腐败，最终蜕变成“村霸”；其二，上任后，不求有功，但求无过，无所事事，最终变成“挂名村官”。

七点半，镇领导姗姗来迟，村民们报以热烈的掌声，这种掌声，是长期心理压抑后的释放，此起彼伏，经久不息。随着掌声息落，镇领导当即宣布了对王卜仁做出党内严重警告处分的决定。

领导的话音刚落，会场一片唏嘘，几分钟前那种热烈的气氛瞬间冷却了下来，一些村民开始私下嘀嘀咕咕。

此时，多次向上级揭发王卜仁恶行的朝阳村老支书吕日照站了出来，他瞪大眼睛向镇领导发问：“不是说撤职吗，怎么又变成严重警告了?”就在镇领导支支吾吾时，会堂门口出现骚乱，王卜仁带着几个人冲了进来，径直逼向吕日照。就在几百人的会场上、在三名镇干部的眼皮底下，王卜仁一帮人对吕日照大打出手，这位身高一米八、身强体健的退伍军人，抵挡不住王卜仁一伙雨点般的拳头，当即昏死了过去，连夜被送往县人民医院抢救……

2001年11月28日，我怀揣村民们寄来的一沓血淋淋的照片，一路风尘来到朝阳村。

朝阳村是青山县首批“小康村”，全村大部分农户从事香菇生产。党支部书记王卜仁是村里发迹较早的一个，早年就从事农产品加工销售，他创办的公司已成为当地的“明星企业”。王卜仁头上也套着一个又一个耀眼的光环：县人大代表、效益农业示范户；市优秀党员、优秀人民代表、劳动模范、十佳民兵政治指导员。更加耐人寻味的是，王卜仁居然还是省“维护社会治安先进个人”。

说实话，我很难把如此“又红又富”的一个“先进人物”，与伤人成性的“村霸”联系在一起。

为了尽可能客观地了解情况，我隐去了记者的身份，以一个“生意人”的名义从外围开始调查。

我随机走进一户村民的家。

“大伯,明年打算种多少香菇?”

“还早嘞。你卖菌种啊?”

“哦,是的,我想在你们村设个菌种代销点,价格便宜些,你说能行吗?”

“价格便宜,质量有保证吗?”

“那肯定,质量肯定保证。”

绕了一个大弯以后,我试探着切入正题:“你们村领导住哪里?”

“村主任还是书记?”

“书记。”

“就在村头。”话说完,大伯不再搭理我,顾自出了家门。

我来到村道口,正好遇上一年轻人。

“哎,这位大哥,你们村书记在家吗?”

年轻人打量了我一番,说:“镇里来的?”

“不是,我是卖菌种的,找他有点事。”

“他?他又不种香菇,找他干啥?”年轻人撂下话,头也不回地走了。

连吃两个闭门羹之后,我又访问了几位村民,但

一提及王卜仁，他们就避而远之。看来，我以“生意人”的身份是不可能了解到情况的，想想也是，人家干吗跟你一个素不相识的“生意人”说这么多呢。

于是，我按照村民来信提供的情况，以记者的真实身份开始秘密寻访相关当事人。

朝阳村村委会副主任吕荣一家三口曾被王卜仁打伤，连他 70 多岁的老父亲也没能幸免。听说记者来访，吕荣立即把我引进卧室，尽管事情已经过去两年了，但提起王卜仁，吕荣仍然义愤填膺，怒不可遏，他情绪激动地对我讲述了事情的原委。

1999 年吕荣当选为村委会副主任，上任后多次过问村支部以前的事，由此引起王卜仁的极度不满。2000 年 6 月 11 日，村主任王小峰与王卜仁发生争吵，吕荣的弟弟吕耀出来劝架，结果遭来王卜仁及其儿子、女婿的一顿拳脚，吕耀当即被打得头破血流。吕荣和老父亲闻风而至，不想也被王卜仁一伙用啤酒瓶砸伤。

如果说，王卜仁殴打吕家父子系“事出有因”，那么，王光明和王文宾兄弟俩遭王卜仁的殴打则是“一句话惹来的横祸”。

"能人村官"的蜕变，与乡镇党委、政府监管乏力有很大的关系。乡镇有赖于"村官"配合工作，对"村官"起初的轻微违纪违规行为，往往是"睁一只眼闭一只眼"，甚至是默许，或只是轻描淡写提出批评。即使出了问题，为了求稳定，保政绩，应付考核，乡镇领导也还是"能捂则捂"。

1999年4月22日，王氏兄弟俩见王卜仁与一位村妇吵架，王光明出面好言相劝，却当场被王卜仁一伙打了个鼻青脸肿，王卜仁并未就此罢休，纠集家人闯入王氏兄弟家中大打出手。

令人意想不到的是，结果王光明反被当地公安派出所关了24小时，王文宾被公安部门拘留了10天。

更有甚者，1998年9月3日，村民李庆富与邻村一村民发生纠纷，王卜仁作为村党支部书记前去李家调解。在调解中，王与李发生口角，王操起一根木棍噼里啪啦就来了个天翻地覆，李家的锅、碗、瓢、盆顷刻间碎片横飞。在王卜仁的乱棍中，李庆富60多岁的老父亲被打翻在地，血流不止。因惧怕王卜仁，村里没有一辆拖拉机敢送这位老人去医院，拖了一个多小时，李家只好用临时担架把老人送到10余里外的医院抢救。

结果呢，李庆富不仅得不到赔偿，反而向王卜仁交了80元的"调解费"。

……

对王卜仁的问题，几年来，朝阳村老支书吕日照和一些村民逐级反映，最终引起中央的高度重视，在省、市、县有关部门的层层督办下，镇党委迫于压力，不得不对王卜仁做出党内严重警告的处分决定。于是，就发生了本文开头一幕。

据村民反映，在王卜仁担任村支书的9年时间里，竟有14个村民先后倒在他的“铁拳”之下，吕日照就是第14个。

举报人吕日照在村民大会上遭王卜仁报复殴打的消息很快在四邻传开，在村民群众的强烈要求下，镇党委不得不再次做出决定，免去王卜仁朝阳村党支部书记职务。这个横行村里长达9年之久的村霸总算得以下台。

可就在村民们拍手称快时，事情却发生了戏剧性的变化。一份有300多村民签字的申诉材料寄到了镇委和县委有关领导手中，申述材料要求立即恢复王卜仁的党支部书记职务。

这份申诉材料又是如何出笼的?

调查中一些村民反映：这份申诉材料并不是群

众自发写的，而是王卜仁得到“高人”的指点和授意，自撰申诉材料，挨家挨户强迫村民签字的。许多村民因为惧怕王卜仁，无奈按上了手印，有的村民“给一包香烟”就签名盖印，还有村民一人就按了5个指印。有镇领导曾公开说，王卜仁是镇党委、政府多年来树起的一面“红旗”，决不能让这面“红旗”倒下。

王卜仁在当地确实算得上是一面“红旗”，他那栋别墅在村里也是“鹤立鸡群”。

我来到庭院深深的王家，王卜仁的一番话让我大感意外。

“你当了9年村支书，打伤了14个村民，这些都是事实?”

“是的，我不否认，但都是为了村里的事。”

“为了村集体就可以使用暴力?”

“对有的刁民，不给他点颜色看看，我怎么树立威信，怎么管理这个村。”

“上面就不管你?”

“县里连局长都管不过来，我只是个村支书。”

“镇里也不管?”

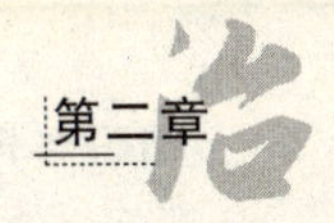

“现在是抓经济的年代，只要经济搞上去了，什么都好说。这么多年来，我对镇里是有贡献的，产值、利税、外贸出口，我为镇领导争了不少光。只要我把企业办好，其他都是小事。”

“你这么多的荣誉是怎么得来的?”

“镇里给的，上面每年都有名额分配下来。我为领导争光，领导当然也就想到我。”

王卜仁的这番话绝不是空穴来风。调查采访中，西桥镇纪委书记洪卫闵一直在为王卜仁开脱：“王卜仁7次打人，6次因公失手。镇党委对他的处分很含糊，依据不充足，理由不充分，帽子套不上，我们是根据上级精神做出处理决定的。”镇党委书记华明伟说了一句令人费解的话：尊重上级意见。言下之意就是，镇党委本来并不打算处理王卜仁。

更加具有戏剧性的是，在王卜仁家，我看到了一份朝阳村党支部的决定，决定对举报人吕日照的党员身份予以“除名”，理由是吕日照“不交党费”。在这份决定上，全村19名党员有17人签名同意，另外2名党员分别以“不知内情，保留个人意见”和“不能除名”表示不支持和反对。

已经离开朝阳村住在县城里的吕日照表示，在他见到我之前并不知道自己的党员身份已被“除名”，接着他向我出示了1999年和2000年的党费缴纳凭证，他说，2001年的党费不是他不交，而是根本就交不进，“王卜仁是在公报私仇”。

调查结束时，一位村民告诉我：“如果重新进行选举，村支书还是王卜仁。”原因有二：一是全村8个队（指生产小组）有7个队长（指生产小组长）是王卜仁提拔的；二是王卜仁有钱又有势，村民们都惧怕他。

“近亲繁殖”是当前农村基层组织建设中遇到的又一个令人头痛的问题。一些“村官”为了保护自己的既得利益，巩固自己的地位，在发展党员中，往往优先考虑自己的家族成员或利益集团成员，而这些人进入党内后，他们在物色新的培养对象时，也像当初发展他们加入党组织的“村官”那样，任人唯亲，由此形成恶性循环。“近亲繁殖”直接带来的后果就是村级组织家族化、利益分配集团化。

果然，在半年后举行的镇党代表和人大代表选举中，王卜仁连获“双代表”。选举前，这个已被罢免的村支书大肆向村民贿选，要钱的给钱，要办事的许愿，村民群众戏称“各取所需”。

“黑支书”柳家财“落马”记

2002年2月1日，农历春节即将来临。一封印满鲜红指印的群众来信辗转到了我的手上，这是一封令人十分心沉的来信，信件开头一段是这样写的：“又要过年了，大家都在为过节快乐地忙着，而我们棋州市金橘区春柳村的老百姓却是另一种心情，我们忙不起来，因为年复一年，我们的穷日子并没有多大改变；我们更乐不起来，因为一封又一封的举报信石沉大海，‘黑支书’柳家财依然过着他神仙逍遥的日子。”

说实话，年关将至，我不太想再出差去。但是，来信中近乎央求的语气，近乎绝望的心境，迫使我不得不尽快去查个究竟。

2002年2月6日下午，我赶到了棋州这座颇具历史文化底蕴的城市。

次日一早，整座城市被大雾笼罩，我连问了几位“的哥”，他们都“不清楚”前往春柳村的路径。不得已，我只好向当地一位朋友求援，他领着我直奔春柳村所在的白云乡政府，打探前去春柳村的路。

春柳村就坐落在市郊山上，虽然离市区也就十几公里的路，但交通并不便利，村民进出全靠一条崎岖不平的机耕路，“的哥”“的姐”们大多都不愿去。

在我这位朋友的帮助下，好不容易找到了一位愿意去的“的姐”。

的士越开越慢，路越走越窄，浓雾把车子裹得严严实实，能见度最多也就十几米，加之崎岖的路面不时与车子底盘发生刮擦，摇摇晃晃，令人寒栗。驾车的是一位年轻的“的姐”，看她艰难地驱车蜗行，我感到有些过意不去，就跟她聊了起来。

“小姑娘，春柳村你熟悉吗？”

“熟悉，那里有我好几个亲戚。”

“听说这个村的老百姓对村干部意见很大？”

“我听你是外地口音，你怎么也知道？你是干什么的？”

因为职业习惯，我一般不轻易暴露自己的身份。

我回答小姑娘说：“噢，我是来看一个大学同学的，曾经听这位同学说起过。”但我压根没想到，这个村至今没有大学生。

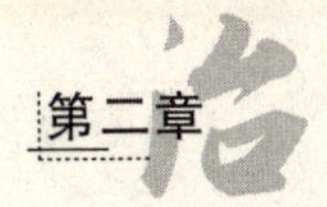

小姑娘发现我撒谎:“胡说,这个村根本没有大学生,就连高中生也很少。你是记者?”

我有些不好意思:“就算是吧。”

小姑娘深深叹了一口气:“你们是该来查一查了,这里的老百姓没法过了。”

“有这么严重吗?”

小姑娘给我来了一段顺口溜:“有汽车回不了家——路窄,有广播却是哑巴——线坏,有电视还是眼瞎——缺电,有小伙不见新娘家——没钱。”

“区里和乡里怎么就不管?”

“他上面有人!”

小姑娘不愿再说下去,但我知道她说的这个“他”,就是指春柳村党支部书记柳家财,也就是村民来信中所说的“黑支书”,而且来信中也写到了小姑娘说的这段顺口溜。我有些疑惑,既然春柳村这么穷,那“黑支书”又怎么“黑”得起来?……

从表现形式看,典型的“恶人村官”有两类:一类是“暴力型”。这类“村官”大多有着强大的家族势力或利益集团势力背景,并与乡镇领导有着“良好”的关系。他们习惯使用武力治村,对“不听话”的村民动辄拳脚相向,在村里大搞“家天下”。另一类是“贪婪型”。这类“村官”大多与乡镇主要领导,甚至是更高层次的领导干部有着“说不清,道不明”的关系。他们从不与村民发生武力冲突,更不使用暴力治村,而是像蚂蟥般地吸附在村民身上,不断汲取村民的血,使原本并不富裕的村每况愈下。

我正想着，车子停了下来。此时浓雾开始逐渐散去。

“到了，下车吧！”小姑娘说。

“到了？怎么不见村庄啊？”我一边把头探出车窗，一边问。

“我只能送你到这里，往前一里地拐弯就到。”小姑娘显然不想进村，也许是不想让人知道是她送我来的。

因为路实在是难走，我掏出一百元钱递给小姑娘：“不用找了，谢谢你！”

小姑娘拒绝了：“不用了，就当我为这里的老百姓做件好事。”小姑娘顿了顿，又补充说：“但愿是件好事。”

小姑娘话中有话，我不免有些生闷：“有话直说吧。”

小姑娘告诉我，之前区里市里都曾有人来调查过，但都一去无回，没个结果。

我听出了她的意思，很直接地对她说：“我不一定会听你的话，但我会尊重事实。”

下面是我的实地调查。

春柳村是一个不过600人的小山村，村民人均年收入不足千元，多数村民还是住在祖先留下的老房子里，这些房子低矮潮湿，有的甚至终日不见阳光……我访问了这个村所有的党员和部分村民群众，调查结果基本证实了村民来信反映的问题，那段顺口溜正是春柳村贫穷落后的真实写照。与此形成鲜明对比的是，被村民们称为“黑支书”的柳家财，日子却过得极其逍遥。

柳家财是白云乡远近闻名的“浪荡子”，多次被公安机关处理，但在乡党委、乡政府个别领导的“培养”下，却摇身变成了村支书。还是先看看柳家财这段耐人寻味的“升迁史”吧。

1982年至1993年，柳家财拒缴农业税长达12年。

1990年和1992年，柳家财因哄抢、盗窃集体财产先后被公安机关处以治安拘留。

1995年，白云乡党委、乡政府“任命”柳家财为春柳村负责人。

“闪电提拔”的干部自然是“唯上”的干部。“带病提拔”的干部必然“带病”工作。

1996年，村委会换届选举，在白云乡个别领导的操纵下，柳家财顺利“当选”春柳村村主任。

1997 年，当上村主任后的柳家财仍然恶习不改，在村里开起了赌场，于是又一次被公安机关处以治安拘留并罚款。

1997 年 6 月中旬，柳家财被乡政府保了出来，7 月 1 日便“光荣”入党，12 月即被乡党委任命为春柳村党支部书记。

用“闪电提拔”“带病提拔”来形容柳家财的升迁是最适合不过了。在短短的半年时间里，柳家财不仅入了党，还被任命为村支书。几个月前还在拘留所里，几个月后便登上了村支书的“宝座”。

“闪电提拔”的干部自然是“唯上”的干部，“带病提拔”的干部必然“带病”工作。

柳家财从担任村干部以来，几乎没有考虑过村民群众的生产和生活问题，平时不是跑乡里，就是跑区里，村民们只有在收税收费时才能见到他。

因为有乡领导的撑腰，柳家财在村里大权独揽，身兼村支书，经济合作社社长、出纳等多个职务，村务就成了他的家务，从未向村民公开。

村民们反映最为强烈的是，柳家财一手遮天，大

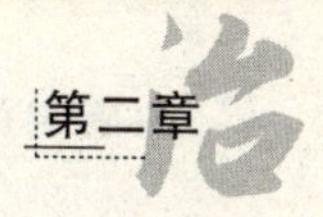

肆搜刮民财。

从1995年至1998年，柳家财私自以村集体名义批准11户村民建房980平方米，私自收取有关费用共计50000多元。1997年，春柳村有40余户村民搭建猪棚，柳家财又擅自提高规费，向村民收取每平方米15—20元不等的费用，共计骗收40000余元。据村民统计，柳家财先后以各种名义骗收、私收村民有关建房费用10余万元。

10多万元，对于当时的春柳村来说意味着什么？至少是100个村民一年的纯收入。

在大肆骗收、私收村民建房费用的同时，柳家财自己则强占村道，违章建房。1999年下半年，柳家财没有办理任何审批手续，违章建房120平方米，并侵占村中的主要道路，严重妨碍村民生产和生活。村民们敢怒不敢言。

> “村官失管”责任在谁？这个看似不难回答的问题，在现实中却难以解决。我们几乎不曾见到，有哪位党政官员因为“村官”问题而受到问责。监督主体不到位，监管机制不落实，出现“恶人村官”就成必然。

要说柳家财的“政绩”，他新官上任时也曾烧过“两把火”：一是1995年被乡政府“任命”为春柳村负责人时，他带领村民修建了200多米机耕路；二是

1996年“当选”村主任时，他组织村民修建了一座农用桥。也就是因为这点让大家看得到摸得着的“政绩”，使柳家财赢得了村民的信任，并于1997年顺利登上了村支书的“宝座”。

但是，谁也不会想到，这点“政绩”背后也有问题。事后村民们发现，修路建桥共耗资30000余元，而实际筹集到的资金达43000多元，其中有13000多元下落不明。

村民们称柳家财为“黑支书”是有原因的。2000年，就连政府发放给特困户柳龙云的100元救济款，也落入了他个人的腰包。

2000年下半年，作为村支书的柳家财又进乡政府当起了司务长，从此村民找他办事，就像盼舅舅一样等着他回村。党员党费无处缴纳，组织生活处于空白，一名党员形象地说，柳家财“把公章别在裤腰上，把政策留在口袋里”。

采访进行到这里，柳家财的问题已基本调查清楚。我正要告别村民前去乡政府，一位村民战战兢兢跑来告诉我：柳家财回来了。

我来到柳家，这是村里为数不多的一栋三层“洋

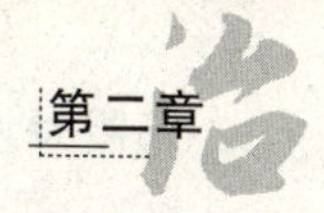

房”，房子的一边骑在村道上，村道几乎被占去一大半，房子的正门对着村道，门口停放着一辆红色的“铃木”摩托车。我正想进去，屋里闪出一个人，当我们双方目光对撞时，我愣了，这不是早上我在乡政府问路时碰到的那个乡干部吗，就是他给我指的路，难道此人就是柳家财？

就在我满脸疑惑时，对方发话了。

“你是来调查我的？”显然对方就是柳家财。

我显得有些尴尬：“你怎么有空回来，我正要去乡政府找你。”

柳家财倒也直率：“没想到啊，我居然给来调查我的人指路。”

“是的，我也没想到，我居然向自己的调查对象问路。”说实话，这么多年我还是头一回碰到这种情况。

柳家财似乎还在为指路的事后悔：“实际上，早上你向我问路时我就感觉不对，我就预感要出问题。”

“出什么问题？”

“你说你是省城来的，去春柳村看一个大学同学，我们村根本没有人读过大学。”

是的，早上柳家财还问我的同学叫什么名字，我没回答他。看来今天还真出“洋相”了。如果以后还碰到类似情况，记得要说去看一个小学同学，总不至于那个村连读过小学的人都没有吧。

柳家财接着说：“我们没什么好说的，村里的事情，乡里都不管，我劝你也不要管。”

改革开放30年来，农民纷纷进城务工，留守农村的往往各方面素质较低，村民群众推选出来的“能人村官”，实际上也只是“矮子堆里挑高个”，这是导致当前村级干部队伍整体素质偏低的直接原因。

我说：“今天我不来，明天、后天会有其他人来。总有一天，也总会有人来管的。”

柳家财瞪了我一眼，骑上摩托车一溜烟走了。

问题在村里，根子在乡里。我来到白云乡政府，乡领导班子成员没一个在岗，想必柳家财早已经通知他们了。好在我已经习惯了，“惹不起躲得起”，“三十六计走为上计”，这是现在一些政府官员对付舆论监督普遍采取的办法。

我找到了柳家财的入党介绍人、白云乡政府民政员胡友云。他是这么说的：“当年乡党委政府派我驻春柳村，一项重要任务就是培养一名村支书。

培养柳家财是乡党委的意图，我只是为了完成上级交给的任务。1997年底，柳家财当上了村党支部书记，我就调离了这个村。对于柳家财这个人，我认为没当干部时就不是一个良民，当了干部以后还算不错。告状的人我知道是谁，不就是那几个刁民吗？”

时任白云乡党委书记、后调到区里任职的赵良庸如此解释：“让柳家财担任村支书是经过乡党委研究决定的，我个人对他以前的一些劣迹并不了解。”

两位乡领导的话非常轻松，似乎没有他们一点点责任。

多年来，春柳村的党员和村民群众不断向区、乡党委政府反映柳家财的问题，但每次都是泥牛入海。

我的调查终于引起了棋州市委和金橘区委的高度重视，市委常委、区委书记蒋新博很快做出反应。2月7日晚上，区纪委会同组织部派出四位同志连夜赶赴春柳村展开调查核实。2月8日，有关部门迅速冻结了春柳村财务，白云乡党委政府免去了“黑支书”柳家财所有职务，并开除党籍。

“恶人村官”一旦被媒体披露，往往很快引起有关领导的高度重视，也往往能受到相应的处理，但这种舆论监督带有很大的偶然性。

大年除夕夜，春柳村上空烟花绽放，爆竹声响彻云霄。真可谓，爆竹声声辞旧岁，烟花簇簇迎新年。

春节后，金橘区委决定在全区开展“问题村”整治活动，一批“问题干部”纷纷“落马”。这一年，正是中国传统的“马年”。

发生在春柳村的恶人治村事件，在上级领导的亲自过问下总算得以处理。应该说，这个村的老百姓是幸运的，他们就像中彩票一样幸运，因为更多的恶人治村事件还在继续。

从春柳村翻过一座山，就是同属棋州市的徐家村。这个村的党支部书记徐巴田，无论是与春柳村的柳家财相比，还是与朝阳村的王卜仁相比，其恶劣程度都有过之而无不及。徐巴田担任村支书 6 年，殴打村民 8 次，致伤 13 人，其中 1 人被打成重伤。他不仅贪污挪用集体资金，还私自出卖集体山林，已经到了无法无天的地步。

可就是对这么一个村霸，乡里说管不了，市里说管不到……

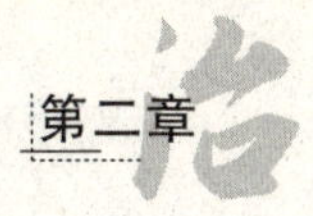

“能人村官”为啥“总是变坏”

客观地说，无论是通过合法程序选举产生的“村官”，还是通过非组织途径产生的“村官”，与一般村民群众相比，都称得上是“能人”。他们要么群众公信力较高，要么在发展经济上有一套，特别是后者，他们头脑灵活、观念开放、接受新事物快、敢闯敢拼，这些人进入村干部队伍不能不说是一件好事。

但调查发现，当前“能人村官”群体不容乐观，一些基层干部群众说他们“总是变坏”：其一，上任后，逐渐偏离群众，违法乱纪，贪污腐败，最终蜕变成“村霸”；其二，上任后，不求有功，但求无过，无所事事，最终变成“挂名村官”。

分析一：“能人”何以变“村霸”。综合一些基层干部的观点，大致可归纳为以下三个方面的原因。

一是被社会歪风腐化。改革开放 30 年来，农民纷纷进城务工，留守农村的往往各方面素质较低，村民群众推选出来的“能人村官”，实际上也只是“矮子里面挑高个”，这是导致当前村级干部队伍整体素质偏低的根本原因。这些本来素质就不高的“村官”上任后，面对种种社会歪风，往往是“好的学不来，坏的学得快”。棋州市白云乡有一个 30 出头的年轻人当选村主任后，整天宴请上面这个局、那个局，2001 年春节，这位年轻村主任为了给上面拜年，擅自动用村集体资金，买了 80 多只狗腿肉用来送礼，所谓的“能人村官”就是这样开始变坏。

二是被家族势力腐化。在换届选举时，不少村民想得最多的是，他要选的人将来能否帮自己撑腰，如此就产生了“任人唯亲”的心理取向，村里哪个家族人多势众，“村官”往往就在哪个家族里产生。这样的“村官”上任后，自然也是任人唯亲、利益唯亲，由此导致“亲选亲，亲任亲”的恶性循环。某集体经济“空壳村”，有一个地痞无赖多年来称霸乡里，但在其家族势力的推波助澜下，这个无赖却连选连任。

三是被乡镇领导宠坏。“能人村官”的蜕变，与乡镇党委、政府监管乏力有很大的关系。乡镇有赖于“村官”配合工作，对一些村干部起初的轻微违纪违规行为，往往是“睁一只眼闭一只眼”，甚至是默

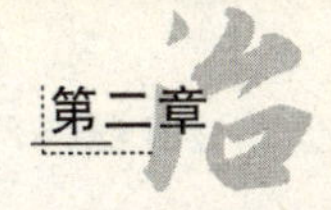

许，或只是轻描淡写提出批评。即使出了问题，为了求稳定，保政绩，应付考核，乡镇领导也还是能捂则捂。

分析二：“能人”为何“不能干”。对这个问题，我们还是来听听一些新任“村官”的诉说。

> “村官”“能人”变“庸人”，职责缺位是根本原因。当前村干部的岗位责任模糊，他们的责、权、利是什么？工作的目标、任务与动力是什么？谁来考核？怎么考核？这些问题不明确也不具体。

一是竞争对手处处掣肘。蒙州县白鹭村原村主任权达功说：“我在1999年的直选中以几票的优势当选村主任。上任后的第一件事就是修建村道，这本来是一件大好事，是村民群众呼吁近十年却一直得不到解决的问题，但落选一方不但不予支持配合，而且以种种借口恶意阻挠。不仅如此，此后只要我想为村里做一点实事，对方就跳出来指手画脚，甚至造谣中伤，涣散民心。我不是国家干部，没有工资，我要种田养家糊口，折腾几次后，便丧失了信心。”调查发现，新任“村官”或多或少都有权达功同样的遭遇，这样的事情多了，原本想干事、能干事的新任“村官”就逐渐失去信心，最终一事无成。

二是“空壳村”难为无米炊。同在蒙州县，东山村民委员会实行“海选”后，选举产生的“村官”并不一定是乡镇领导的“意中人”，这些“村官”上任后，往往得不到乡镇领导的支持。

村新任党支部书记陈加丁告诉我：“我们这个村集体经济几乎空白，我曾想在村里上一个养殖项目，但找到农信社贷款，结果被赶了出来，信用社的领导说，银行是救急不救穷。”

三是乡镇领导坐歪屁股。石城县青柏村村主任李高汉非常无奈地对我说：“我当村主任快三年了，乡长、书记几乎没有进过我家的门，而他们却经常成为老村主任家的座上宾，这样就容易给村民群众带来错觉，认为乡领导不支持我当村干部，也使一些恶意捣乱的人越来越猖狂。”他还说：“现在有的乡干部下村，不是来工作的，哪家有好酒好菜就往哪家钻。”

第三章

现行农村土地制度最大的问题，就是农村土地集体所有制“虚置”，地方官员实际掌握着集体所有制土地的处置权，而依地为生的农民却没有实质性的权利，这也是土地征用中屡屡引发干群冲突的根本原因。

从中国历史看，土地问题是关系朝代更替的政治问题，历代农民起义最直接的口号和诉求就是“耕者有其田”。当前值得注意的是，在城镇化进程中，我们不能仅仅解决“耕者有其居”，更应该解决“耕者有其业”。

◇ 度假区征地的前前后后

◇ 清山农民的抗议

◇ 常寿官员的“变脸术”

◇ 立场决定利益

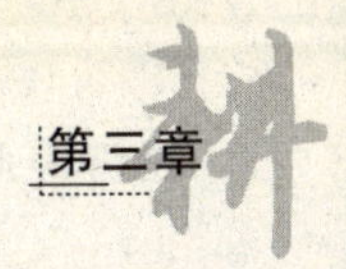

度假区征地的前前后后

2004年7月1日,党的生日,我来到了地处海滨的金沙滩旅游度假区。这一天,正是度假区隆重开业的日子。

也许你会认为,作为记者,我是来参加度假区的开业庆典,免费游玩一番,带回一份纪念品,再咬破笔头写上一篇报道,一切都非常顺理成章、心安理得。

但我不是。我今天来到这里,跟之前几次一样,为的是同样一个问题,这就是度假区建设征地带来的数以千计"失地农民"的生存问题。对这个问题,我已经追踪两年,但直到今天度假区开业,一些农民仍然没有拿到应有的补偿，依然在为失去土地呼唤，在为生计呼唤。

秘密征地引发冲突

金沙滩旅游度假区是一个招商引资项目，是2000年以来金沙县政府在“建设旅游强县、打造海滨城市”的背景下倾力推出的一大旅游品牌，项目占地1800亩，总投资5亿多元，建成后将成为一个集吃、住、行、游、购、娱为一体的海滨度假区。投资者是鼎鼎大名的××集团。

为什么在征地过程中，“好政策”不敢公开？规定程序不敢走？说到底，就是开发商想以最小的成本拿到农民的土地，自己获得最大的利益。土地征用，实际上是一场利益的博弈，一场智力、人力、财力的较量。

虽然金沙县名列“全国综合实力百强县”，但面对这么一个“富女婿”，政府上上下下不敢有丝毫的怠慢。为了尽快让“富女婿”安家落户，金沙县委、县政府决定，由分管旅游的副县长项品善亲自挂帅，负责度假区征地和配套基础设施建设。用当地一些群众的说法，金沙滩旅游度假区是一个地地道道的“县长工程”。

“县长工程”征地涉及该县月港镇9个村2000

多名农民，其中临海而居、半渔半农的月山村将被整体迁移。

也许是因为过于重视“富女婿”而忘了“穷儿子”，度假区自开工建设以来，当地政府就不断与村民发生冲突……

2001 年 12 月的一天，月山村大部分渔民已出海捕捞。一大早，一支施工队在月港镇党委副书记赵阳的带领下开进了月山村，五六台推土机不停地推挖渔民的包产地，月山村留守在家的老人、妇女顿时傻了眼，尽管此前他们已听说村里的土地将要被征用，但村民们都还没有通过。

闻讯而动的 80 多名老人、妇女立即围向现场，面对肆虐横行的推土机，一些妇女横躺在承包地上以示抗议。施工队是有备而来的，他们很快通过镇政府召来了 80 多名干部、警察，对阻止施工的村民采取暴力手段，致使 5 名妇女不同程度受伤被送往医院。70 多岁的老人李福生还被月港镇派出所整整关押了 24 小时，并被“罚款”1000 元。

几天后，村民们惊魂未定，施工队再次开进月山村。这次月港镇政府调集了 100 多名警察、工商及城管执法人员，与100多村民发生冲突，70多岁的老人李再弟在冲突中受伤，昏迷了4个小时。

别轻易动用警察！别把农民推向政府的对立面！

我第一次来到月山村调查是2003年5月。

采访中见到李再弟老人时，他显得有些麻木，当我向他说明来意后，老人竟然抽泣起来。可想而知，如果不是受了很大的委屈，这位年逾古稀历尽大海风浪的老人是绝不会如此老泪纵横的。老人卷起裤管，指着小腿上一块块疙疙瘩瘩的肌肉说："当时镇里的干部和警察就像围猎一样把我围在中间，我要冲出去，他们就抓牢我，像扔沙包一样把我扔来扔去。"

李荷、余彩霞、章爱华三位妇女也在冲突中受伤，尽管事情已经过去一年多，李荷在向我讲述时双手还是不停地颤抖，"我被吓坏了，一些警察手里拎着手铐、警棍，有的还别着手枪。"章爱华气愤地说："有警察还说，中国这么多人，死一两个没关系。"余彩霞为了向我证明自己的伤势，竟然当众脱下了外裤。

……

既然征地的事村民代表大会还没通过，为什么施工队竟敢明目张胆进村？一些村民冷静下来之后提出了疑问。

2002年5月，月山村几十位村民找到了村主任阿贵，要求他做出解释，阿贵被迫拿出了一份《征地协议书》，协议是月港镇金沙滩旅游度假区项目建设领导小组办公室与月山村经济合作社签订的，协议载明了征用月山村土地的面积、价格以及补偿金额。

采访时，我注意到，这份协议条款残缺，甚至没有签订日期、付款日期，在协议上签字的也不是作为"一村之长"的阿贵，而是一个叫"王国健"的人。村民们告诉我，王国健是月山村党支部书记、村经济合作社社长。

"没办法呀，他们(指镇干部)是上级，我是下级，我不签他们就撤我的职，我只好硬着头皮签了。"王国健皱着眉头对我说。

那么，阿贵作为一村之长，为什么反而没有在协议上签字呢？村出纳赖紫莲道出了原委。她说："这份协议当时是在镇政府签的，那天，王国健要我把村经济合作社的公章送去，当时阿贵也在场，但阿贵在签字时，手不停地发抖，刚好这个时候村民阿霞闯了进来，阿贵一惊吓，手里的笔掉落，最后没有在协议上签字。”

月山村村民对村党支部书记王国健、村主任阿贵未通过村民代表大会表决，私下签订“卖村条约”感到强烈不满。在 2002 年 7 月份举行的村委会换届选举中，阿贵落选，向来敢说敢做的村民陈良根当选为新一届村主任。王国健因为是镇党委的“命官”，村民代表大会无权罢免，继续担任村党支部书记。

“卖村条约”被揭开后，月山村村民与政府的冲突再度升级。

2003 年 2 月 10 日，10 多位村民又一次与施工队发生冲突，冲突中又有多名村民受伤，66 岁的老人李先林被月港镇派出所关押了 7 个小时，最终在村民的强烈抗议下得以释放。

3 月 11 日，金沙县公安局分别以“谩骂镇干部”和“侮辱村干部”为由对村民李福生和陈菲菲处以治安拘留，两人被关押在县看守所长达 7 天。

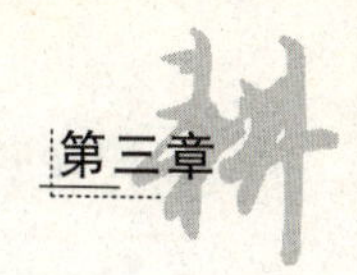

3月13日，陈晓芸因阻止施工队施工被月港镇派出所关押2个小时。

中国是一个特殊的国度，历经几千年的封建社会，形成了源远流长的“官文化”。这种“官文化”的核心就是“特权思想”。直到今天，我们的一些官员仍然自觉或不自觉地被这种“特权思想”所支配，作为“公仆”的他们，对“当家作主”的人民并不尊重。

李福生被认为是闹事的头儿，一年多来，派出所抓他10多次。这位70多岁的老人，竟然在大街上遭到警察的两次围捕。

就度假区征地过程中的出警问题，我找到了金沙县副县长项品善，他矢口否认。但我从有关部门拿到的一份《金沙滩旅游度假区施工现场保卫工作实施方案》上写明，2003年3月13日，投入警力85名，镇干部60名。其中，月港镇派出所25人，月港边防派出所30人，金沙县公安局治安大队10人，协警20人。

告官不成　反被官告

显然，在金沙县，月山村村民的合法权益已经很难得到政府的保护，因此，他们转而走上了漫漫的上访路，在上访了诸多部门均无结果的情况下，月山村新任村主任陈良根和一些村民想到了借助法律手段。

2003年1月8日，月山村村民直接向市中级人民法院提起诉讼，把金沙县月港镇人民政府、月港镇月山村村民委员会、月山村经济合作社一并推上法庭。

以陈良根、周小云、陈玉勤、陈思奋为代表的124户月山村村民诉称：

2001年12月，月山村党支部书记兼经济合作社社长王国健未经村民同意，私下与金沙县月港镇政府下设的内部办事机构——金沙滩旅游度假区项目建设领导小组办公室签订了《征地协议书》，领导小组办公室还私自对月山村集体土地征用补偿款进行分配。月山村的村民认为，月港镇金沙滩旅游度假区项目建设领导小组办公室不具有征地主体资格，所涉土地未经农用地转为建设用地审批，未进行征地审批，未进行征用土地公告，未进行征地补偿及安置方案公告，所签订的《征地协议书》违反了《土地管理法》《村民委员会组织法》等有关法律法规，侵害了村民的根本利益，依法应当确认无效，并要求赔偿损失218万元。

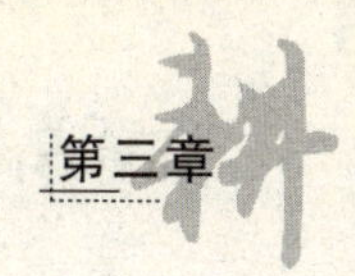

市中级人民法院认为，陈良根等月山村村民提起的民事诉讼，不属于人民法院民事案件的受案范围，裁定不予受理。

月山村村民不服市中级人民法院裁定，于2003年4月8日向省高级人民法院提起上诉，请求撤销市中级人民法院的民事裁定书，并指令市中级人民法院受理。然无果而终。

让月山村村民始料未及的是，2003年7月15日，情况发生了戏剧性的变化，新任村主任陈良根因"涉嫌职务侵占"被刑事拘留，8月8日被逮捕。村党支部书记王国健也因"涉嫌职务侵占"被刑事拘留，不同的是，王国健很快在2003年7月16日被取保候审。

村民们说，这是月港镇政府和王国健合演的一出"苦肉计"，目的是"搞倒"带领村民维权的村主任陈良根。

金沙县人民检察院于同年11月5日向金沙县人民法院提起公诉。

金沙县人民法院审理查明，2002年9月，月港镇月山村经过村领导班子讨论，决定建造一座码头，工程由新任村民委员会主任陈良根具体负责。同年 11 月，陈良根与王国健结伙，在建造码头过程中，虚开、多开材料款、工时费，向村经济合作社报销，侵占集体资金共 15275 元。除共同吃用、分予他人外，陈良根分得人民币 7200 元，王国健分得人民币 7500 元。

对维权村主任突然被捕，月山村村民满腹狐疑，这是咋回事？是谁搞的鬼？村民们思来想去，疑点落在了王国健身上，村民们最终查明：2003 年 7 月 14 日，王国健主动向公安机关投案，揭发伙同陈良根“侵占村集体资金”的事实，并退缴人民币 7500 元。

金沙县法院认为，陈良根、王国健利用担任村民委员会主任、村党支部书记职务便利，在建造村码头过程中，采用虚报冒领手段，侵占集体资金，数额较大，其行为均已触犯刑律，构成职务侵占罪。公诉机关指控的罪名成立。王国健主动向公安机关投案，并如实供述侵占经过，是自首，依法可从轻处罚。两人认罪态度较好，均有悔改表现，根据本案实际，均可适用缓刑。2003 年 11 月 18 日，金沙县人民法院做出判决，陈良根犯职务侵占罪，判处有

期徒刑8个月，缓刑1年。王国健犯职务侵占罪，判处有期徒刑6个月，缓刑1年。陈良根退缴人民币7200元。

主任、书记双双在“告官”期间被判刑，这是月山村村民未曾想到的。

当然，作为一直关注这一事件的记者，我也没想到。

2004年7月，我第二次来到月山村，目的是了解王国健和陈良根的“职务侵占案”问题。

村民李福生直言：“我已经是70多岁的人了，没什么好怕的，王国健完完全全成了镇里个别领导操纵下的傀儡，王国健投案自首，是镇政府导演的一出‘苦肉计’，目的是搞倒带领村民维权的陈良根。”

村委会委员李治奎告诉我：“陈良根和王国健报销的15000多元，是事先经过村委会商定的建码头误工费，以多开发票的方式兑现也是村委会定的，不存在利用职务之便非法侵占的问题。”

一些村民还说，陈良根是民选村主任，镇里无法免他的职，他们就借这点事小题大做，只要搞倒陈良根，村民们就没有了维权的头。

在征地过程中引发的群体性事件，其实质是利益冲突，而利益取向是随着立场的改变而改变的。换句话说，在征地过程中，我们的一些干部之所以容易与农民群众发生冲突，关键是他们在立场上出了问题——是“执政为民”还是“执政为官”！是“以民为本”还是“以官为本”！

陈良根告诉我，在抓他之前，县里下派的工作组曾多次找他谈话，要他在《征地协议书》上签字。

“我不干，他们就开始整我，但我怎么也不会想到他们的手段竟如此下作。”陈良根气愤地说。

但是，也让工作组想不到的是，陈良根多长了一个心眼，为了收集证据，他私下购买了一支录音笔，就在工作组的人找他谈话时，他事先塞在衣服袖口里的录音笔也打开了。采访时，陈良根给我提供了金沙县检察院一位检察官在他被刑拘之前几次找他谈话的录音材料，在这位检察官的谈话中，出现了下面与之身份极不相符的语言：

“我们给你好处，帮你保密，不让村民知道。你要靠到我们这边来，我们是大山，能为你撑腰，法律是共产党订的，都是帮共产党的，哪个法院会理你们草民？你靠到村民那边是悬崖，是为民而死，掉下去没人拉你。上次来的记者，我们已经通过他的领导把事情解决了，就算事情被媒体披露出来，上面追查

起来，对我们的处理最多也只是工作调动。”

调查采访时，陈良根说：“也许是受到良心的谴责吧，我被判刑后，这位检察官告诉我，他之所以这样做，是被领导逼的。”

虽然判的是缓刑，王国健还是迫于压力远走他乡打工，他是继本镇大田村党支部书记赵志农之后的第二位因度假区征地问题而“弃官”的村支书。

陈良根因戴“罪”在身，自然也就不能再履行村主任之职。没有了陈良根，月山村村民的维权之路自然也就走到了尽头。

一切的一切都在某些别有用心的人的算计之中……

事态发展到这里，也许有人会问，那些屡次对村民施以暴力的干部和警察是否也要受到处理？

失地农民陷入窘境　书记镇长官运亨通

中国农民很穷，但很倔强。这是我在这次采访中的最大感受。

面对政府干部的强权，月山村的村民以集体拒领征地补偿款表示抗议。与此同时，征地拆迁后“上无片瓦下无寸土”的他们，生活也逐渐陷入困境。

月山村村民虽然在房屋拆迁中得到一笔补偿，但人均所得只有一两万元，就靠这点钱要重新安家立业几乎是不可能的。加上近年来渔业资源逐渐衰竭，柴油价格上涨，渔业收成又不好，月山村不少村民特别是那些失去捕捞能力的老弱村民，只能靠那点房屋拆迁补偿费度日，生活日见拮据，有的甚至陷入窘境。

已近八十高龄的李思强和老伴就租住在邻村亲戚一间不到二十平方米的房子里，窄小的房间堆满了老人用了几十年却舍不得丢弃的家当，剩下仅有的几平方米空间，摆着一台煤气灶、两条小椅子，中间放着一个取暖的火盆。两年多来，两位老人就是这样围着火盆相依为命的。

村民们告诉我，过去有土地，李思强还能自己种点菜，现在土地没了，他每天早起的第一件事情就是拄着拐杖去五里开外的镇郊买菜。因为视力不好，近一年中老人家已经在买菜往返的路上摔了好几回。每天早上李思强出门，老伴就提心吊胆地站在门口等候。

像李思强这样投靠亲戚还算是稳定的。80 岁高龄的刘天恩老人就没那么幸运了,老人两年间搬了三次家,过着居无定所的日子。采访时,我掀开老人餐桌上的餐罩,几条食指大小的咸鱼、一小碗的咸萝卜,据说已经吃了一个星期了。采访中,他的老伴不停地抹眼泪:“活不下去了,好上吊了。”

陈喜进老人和他的两个儿子都在外面租房,迫于生计,68 岁的他还去别人的渔船上打工。他告诉我说,土地被征,房子被拆,已经 6 个月付不出房租了,为了生活只能出海给人打工。采访中发现,与陈喜进一起打工的月山村老人还有五六个。

特困户吴根裕的生活几近绝境。因为是特困户,镇里“特别照顾”,给他找了一间每月三十多元租金的廉租房,说是廉租房实际是危房,房子阴暗潮湿年久失修,几扇窗户已经没有了挡风玻璃,挂在窗上那片已经被海风撕开几道口子的塑料膜,在夜风中哗哗作响。说实话,上门采访时我是壮着胆子跨进吴家的。吴根裕常年卧病在床,还有一个患病的儿子,原先一直靠种菜度日,土地被征用后,也就断绝了生活来源。

采访中发现，吴根裕的记忆似乎一直停留在两年多前房子被拆的那个晚上，他不断地对我描述着当时的情景。

“那天是2002年的元宵节，我儿子生病住院，只有我一人在家，没想到他们（指镇政府干部）连元宵节都不让我过，一帮人把我连家当一起搬到了水泥厂一间冰冷的房子里，住了几十年的房子就这样被推倒了。”

据调查了解，与李思强、刘天恩一样靠房屋拆迁补偿费度日的村民，在月山村就有几十人，对于这部分村民来说，度假区拿走的不只是他们的土地和房子，而是断了他们的生路。

记得一年前我第一次到月山村调查时，金沙县负责度假区建设项目征地的副县长胡一来曾经对我说，金沙县开发海洋旅游资源是本着“渔民上岸，游轮下海”的思路展开的，引进金沙滩旅游度假区建设项目，将会创造更多的就业岗位，推动渔民转产转业。

可是今天，度假区已经正式开业，并开始产生效益，游轮是“下海”了，可渔民却难以“上岸”。不仅如

此，一些原本已经退出捕捞的老人迫于生计不顾年老体迈重新“下海”。

与此形成强烈反差的是，老人们被迫“下了海”，官员们却顺利“上了岸”。月山村的征地遗留问题三年未决，而作为“父母官”的月港镇镇长、度假区项目建设领导小组组长向东盛，就在度假区开业前几天“功德圆满”，调任金沙县政府办公室主任。月港镇党委副书记、度假区项目建设领导小组副组长赵阳也调任金沙县旅游局副局长……

农村征地引发的群体性事件，大都有着相同的“三部曲”，那就是“一哄二闹三上调”。先是哄骗农民签订征地协议书，说项目将给他们带来多少多少的好处，补偿政策是何等何等的优惠。如果农民不答应，则撇开农民，转而以种种手段与村委会少数干部签订协议书。协议书签订后，农民或发现上当，或发现猫腻，于是开始闹腾，举报、上访、诉讼……但都不起作用，最终农民往往因耗不起人力财力而不了了之。再就是项目上马，干部上调。

采访结束时，我向村民打听上次采访遇到的刘天庆老人，村民们告诉我，老人已经去世一年多。我掐指一算，老人离开人世就在我上次采访结束后的一个月，对此，我深感愧疚……

记得上次我离开月山村时，老人拄着拐杖蹒跚地送我到村口，他没说什么，但我知道他在想什么……他那期盼的目光送我到很远、很远……

清山农民的抗议

上文月山村村民被迫停止了他们的维权行动，金沙滩旅游度假区强行征地事件最终不了了之……但是，我要对金沙县的领导和月港镇的干部说："你们是幸运的。"因为尽管月山村的村民为维护自己的合法权益上过访、告过状，但他们始终处于理智状态，没有采取极端的行为。

接下来我要说的这个案例发生在南河县，这里的领导干部就没那么幸运了……

过去某些官员惯用的那种"连吓带骗"的工作方法在今天已经彻底失灵。现在的农民不再惧怕"通不通三分钟，再不通龙卷风"的官员。尽管如此，目前还是有那么一小撮人面对"现代农民"群体，仍然采取老办法，经常刮起"龙卷风"，直接引发群体性事件。

2005年4月3日，对南河县大大小小的干部来说，是一个值得深刻反思的日子。这一天，在南河县清山镇，几万农民自发聚集，与前来执法的数千警察和干部发生对峙，他们打出了"还我土地，我要生存；还我土地，我要子孙；还我土地，我要健康"的横幅标语。一阵对峙以后，失控的农民开始追打警察、行政执法人员和政府

干部。面对群情激奋的农民,一些执法人员纷纷扔掉警棍、橡皮棍、盾牌,卸掉钢盔和制服,逃离现场。冲突中造成几十人受伤,其中四名执法人员伤势较重,有数十辆政府用车被围困,有的车辆还被砸毁。

“4·03”事件发生后,当地政府进行了信息封锁,包括我在内的一些记者,通过种种途径了解到事件的概貌。

事件还得从清山镇说起。

五万多人口的清山镇就像它的名字一样美丽,青山绿水环绕,农民世代耕种,虽说并不富裕,却也其乐融融。但是这一“和局”终在 2001 年被打破,就在这一年,镇政府开始规划建设面积近 2000 亩的工业园区,并在之后的几年里陆续引进了一批工业企业。到 2005 年 4 月事发,入园企业已有 16 家,其中在已开工投产的 13 家企业中有 8 家是化工企业,这些化工厂给当地带来了污染。一些群众反映:化工厂常常排出大量的废气、废水,发出难闻的气味,刺鼻又刺眼,特别在闷热的天气,臭气驱之不散……为此,当地群众对工业园区建设意见很大,但大家还是默默承受着。

不过，也有一个人从2001年工业园区开建，就开始为园区的征地和污染问题奔走，他就是当时的清山镇吴村党支部书记王晓魏。

2001年，一家名叫力农化工公司的企业与吴村达成土地租用协议，但不知什么原因，作为村主要领导的王晓魏并没有在协议书上签字。当年8月，王晓魏通过一些渠道得知，力农公司的前身是一家农药厂，原址就在与清山镇毗邻的八溪镇，因生产过程中产生大量废水废渣而被当地村民驱赶，后来搬至白石镇，同样又遭到当地村民的强烈反对并被媒体曝光，在省有关领导的重视下，力农公司曾一度停产。王晓魏了解到这些情况后，觉得自己这个村当了“冤大头”，引进了一个垃圾项目，于是写了一封公开信，并与一些村民复印了150份向周边村庄寄发。之后又有600多村民对此公开信进行签名呼吁，一些村民又复印1000份公开信广为散发……

王晓魏的这封公开信引起了公安部门的注意，同年9月，当地派出所着手调查公开信的来源。

公安部门介入调查，在引起村民强烈反感的同时，也使一些村民产生了心理恐慌。恐慌之中，这些

村民反而把心拧得更紧。

2002年的一天，当派出所通知村民陈立民前去谈话时，陈便和一些村民约定，如果他一个小时内回不来，大家就敲锣打鼓去派出所“解救”他。结果一小时后村民前去“解救”时，半路碰到了返回的陈立民，于是大家决定一同前去镇政府反映情况。就在去镇政府的路上，村民们在一家饭店看到了正在吃饭的镇领导钱武顾，于是村民们把钱拉出饭店要求解释，并在将钱拉去工业园区的路上，冲散了前来为钱解围的民警，同时和钱发生肢体冲突，致使钱受轻伤。到了工业园区，村民们强行将化工厂员工赶出宿舍，并毁坏了一些机器设备，造成损失11万多元。

当年，王晓魏等12人均被判刑，罪名是“聚众扰乱社会秩序罪”。

12个村民被判刑，但园区企业的污染并没有停止，村民的上访也还在继续，事态逐渐升级。

2005年3月8日，是南河县的“县长接待日”，清山镇的一些农民又为污染问题前去上访，但并没有受到有关领导接待。

3月13日起，一些农民在工业园区附近各村路口搭起了十多个毛竹棚，并由中老年人驻守，堵塞路口，强烈要求化工企业搬迁。

3月21日，百余名执法人员和乡镇干部放火烧掉了大棚，村民们募捐的6000多元钱也不知去向。但一些村民很快又搭起了毛竹棚，此时，邻县的一些商人开始支持村民，免费供应面包、方便面等。

3月24日，南河县政府下发文件，决定从3月25日起，对清山镇工业园区的13家涉污企业实施停产整治。

至此，应该说南河县的领导还是有一定政治头脑和大局意识的，至少他们知道什么是“众怒难犯”。

可是，事态却没有就此平息下来。也许是出于“政绩”的原因，也许是当初对这些化工企业老板许下了什么承诺，清山镇的领导并没有执行县政府的停产整治决定，而是反其道而为之，做出了一系列不合时宜的动作，从而把农民群众推向了当地政府的对立面。

3月28日，清山镇委、镇政府通过镇团委、妇联、老龄委、残联等组织发出了一份《倡议书》，声称要“坚决与少数扰乱社会正常秩序的不法分子作斗

争，并积极劝说少数盲目跟风的人及时回头”。

3月30日，清山镇委、镇政府又发出了《致全镇人民公开信》，严正警告“极少数不法分子悬崖勒马，积极主动配合政府做好工作，否则对策划、参与、继续制造事端、扰乱社会秩序者一律从重从快予以严惩”。

作为人民“公仆”，如果面对“众怒”而不自省，危矣！

同日，南河县公安局发出《通告》，“限令滞留在清山镇工业园区路口的群众尽快撤离现场，所设置的路障（毛竹棚、石头等）尽快拆除清理，立即停止一切违法行为。否则公安机关将采取措施予以强行带离现场、强制拆除清理。妨碍执行公务的，将承担一切法律后果”。

清山镇委、镇政府和南河县公安局的做法，不仅没有解决问题，反而使事态进一步恶化，既让村民群众下不了台，也让自己下不了台，双方只能硬着头皮干下去。

4月3日下午，镇政府开始实施清理行动。3点多时，包括警车和公交大巴在内共有100多辆车运送执法人员到达。据村民说，当时执法人员封锁了毛竹棚所在地，警察手持盾牌组成方阵，阻止大量赶来的村民进入拆除现场，并设立了现场指挥部，还有县领导现场指挥。多名目击村民称：“执法人员包括公安、城管及保安人员，另有花钱雇请的附近乡镇机关人员，共约两三千人。”

按常理，如此庞大的阵容，全副武装的警察，清理十几个毛竹棚，对付几百个老年人，应该不会有什么问题。让当地政府想不到的是，清理行动一开始，农民便从四面八方蜂拥而至，越聚越多，后来竟达到两三万人。警方发现对峙下去很可能会引发大规模冲突事件，便开始主动撤离，但为时已晚，外围的农民坐在路上阻断了警方的退路，对执行清理行动人员形成包围，局面很快失控，最终酿成暴力冲突事件，于是出现了本文开头一幕。

> 中国农民善良、本分、胆小、怕事，但并不意味着他们会无限地畏缩与忍让。

2005年底，“4·03”群体性事件相关责任人受到严肃查处。南河县县委书记唐力被免去职务，县长王东奉被迫辞职，清山镇党委书记胡益明被撤职，其他包括常务副县长在内的相关责任人也受到党纪、政纪处分。

农民为之上访四年之久的清山镇工业园区终于开始实施环保整治。

常寿官员的“变脸术”

不管是金沙滩旅游度假区的征地事件，还是南河县清山镇工业园区的污染事件，虽然都只是个例，但近年来各地愈演愈烈的“圈地运动”已经引起中央的高度重视。2003 年 7 月，国务院办公厅发出《关于清理整顿各类开发区加强建设用地管理的通知》，对“圈地运动”紧急叫停。

但是，在中央这种“高压政策”下，一些地方官员并没有紧急刹车，而是玩起了“上有政策，下有对策”的套路，耍出他们惯用的“变脸术”。

下面是我在 2005 年 1 月，对全国知名“经济强县”——常寿县清理整顿开发区情况的调查。之所以会选择常寿县作为调查对象，是因为这个县 2004 年上半年的土地问题信访量列全省第一。

那天，抵达常寿县城时还远不到下班时间，但我并没有急着找有关部门了解情况，而是住进宾馆，打开当地电视频道。这是我长期从事记者工作培养的一个习惯，也是了解当地最新动态的最直接最有效的方法。

一打开电视，转让、出租厂房和设备的广告一个接着一个，广告中有一个新名词引起了我的注意，那就是几乎每则广告后面的联系地址都有某“工业生产基地”的字样。“工业生产基地”为何物？直觉告诉我，这肯定与开发区的清理整顿有关。

我立即找到该县有关部门，尽管这里的领导不太愿意透露情况，但还是让我了解到了事情的来龙去脉。

2001 年，常寿县委做出决定，在全县范围内新建和扩建 10 个重点工业区，要求用 3 年时间“使入区中小企业达 500 家，增加工业产值百亿元，创税 2 亿元”。遭遇中央土地市场整顿的“高压政策”后，常寿县发文撤销了所有 10 个乡镇的工业区。由此看来，这个县执行中央宏观调控政策是有力的。

但是，在常寿县委下发的另一个文件上，被撤销的十个重点工业区又“复活”了，它们统一“变脸”，改称为“工业生产基地”。文件还规定，“常寿县工业生

产基地领导小组及其办公室，负责全县工业生产基地的指导、协调、服务、管理工作”。

县政府一知情干部解释说，按照上级要求，整顿开发区、工业园区，一要摘牌，二要撤机构。摘牌之后，“开发区”“工业园区”的名字就不能再叫了，所以取了个“工业生产基地”的名字。

川剧艺术有一种用于塑造人物的绝活叫“变脸”。有的干部也有一种用于应对上级的绝活叫“变脸”。一旦上级出台新的调控政策，作为下级，他们不是考虑如何去执行政策，而是挖空心思钻政策的漏洞，一夜之间便能想出“规避”政策的对策，使他们的种种违法违规行为变得合情合理合法。

根据电视广告提供的信息，我来到“老山工业生产基地第一工业点”，在这里，我看到了原来的工业区“变脸”之后的情景。这是一块面积达52公顷的在建“工业点”，工程建设尚在“四通一平”阶段。两条十多米宽的马路呈“十”字形铺开，将“工业点”切成四块；工地上新翻的土地一块连一块，一些被损毁的庄稼稀稀疏疏地钻出地面。

调查发现，这块地的批文时间是2003年11月，而此时中央宏观调控早已开始。批文的“土地利用现状”一栏注明了土地的性质，其中耕地35公顷（占该地块总面积的2/3），园地15公顷，其他为林地、养殖水面等农用地。

既然是农用地，而且至今没有建立厂房，按中央规定应该复耕。闻讯赶来的老山镇镇长于进江解释说，按省里规定，这块地已被纳入土地利用总体规划和城镇体系规划，将继续用于发展乡镇工业。

我翻阅了有关规定，对于开发区整顿之后的土地处置，省里确实专门出台了《关于清理整顿后开发区(园区)土地处置的意见》。《意见》规定:对已撤销开发区(园区)的建设规划，凡符合土地利用总体规划、城市总体规划和城镇体系规划的土地，可作为城市功能区纳入城市规划统一管理。省国土资源厅土地利用管理处有关负责人也认为，只要符合“两个规划”(土地利用总体规划和城镇体系规划)，原有工业规划可以继续进行。

对于有的“县太爷”来说，在很多时候，总理喊破嗓子，还不如市里递张条子。

但是，问题的关键在于，因为土地利用总体规划等都是由地方自行编制的，这又为地方在土地利用上打开了方便之门。

调查了解到，县级以下开发区撤销之后，原有工业区一般都作为城镇总体规划的一个功能区加以发

展。对此，有专家指出，从这次宏观调控的宗旨“抑制经济过热，提高经济增长质量”来说，这种“换汤不换药”的做法，无疑是在躲避中央的宏观调控。换句话说，中央宏观调控的“高压政策”在这里已经被地方官员的“变脸术”成功化解。

调查注意到，开发区“变脸”之后，整顿之前的一些不规范操作依然在继续，乱批、滥占土地的事情依然存在。就以“老山工业生产基地第一工业点”为例，规划面积和实际占用的土地面积相比较，起码有几十亩土地是没有经过土管部门审批而多占的。从这块地的批文中也可以看到，9 家规模不大的企业就占据了 52 公顷的土地，平均每家企业占地 80 多亩。

粗放式的经济发展模式还在延续。调查中了解到，常寿县有五金机械、化工工业等企业 10000 多家，除了 450 多家规模以上工业企业外，绝大多数是不上档次、甚至是家庭作坊式的小企业。这些企业不仅资源消耗大、单位产出低、产业结构重复，而且在扩张过程中极易和农业争抢土地。

实际上，这种外延型经济增长方式的危机在全省其他地区都已显现。一份反映建设用地投入产出动态变化趋势的分析报告表明，全省用地供应量增加的幅度远大于主要经济指标的增长幅度。比如，2002 年全省建设用地供应量增长 42%，而第二、三产业生产总值、财政收入及全社会固定资产的增长率分别只有 15%、34%和 25%。依托这样的经济发展模式保持较高的经济增长速度，环境和资源的承载力将难以为继。

大肆圈地、重复建设、高投低产带来的种种问题，相信我们的干部不会不清楚，那么，为什么他们依然我行我素，问题的关键就在于陈旧的考核机制。

调查采访中，老山镇的一位干部给我提供了一份关于年度工作目标考核的文件。该县在对乡镇干部的考核中，“工业生产基地”的考核权重占了总考核比重的 40%多。这种考核极易诱使地方政府向唯经济增长的方向倾斜，也容易促成地方官员为追求“政绩”而掀起新一轮的“圈地运动”。

有关数字表明，截至 2004 年 12 月，经过一年多的土地市场秩序治理整顿，全省开发区数量从 758 个减少到 134 个，开发区规划面积缩减了 3447

平方公里，压缩到1116平方公里。但如果都像常寿县这样“变脸”，我看应该改为“经过一年多的土地市场秩序治理整顿，全省开发区的名字从758个减少到134个”。

如此治理整顿，又如何实现中央转变经济增长方式的目标呢？

立场决定利益

不管一些地方干部如何“变脸”，也不管他们的“变脸术”如何高明，那只是用来对付上级的。对于农民群众来说，利益受到侵害的事实依然没有改变，只要这种侵害存在，干群冲突就不可避免。

> “正行为”先“正脑子”，“正利益”先“正立场”。

客观地说，在征地过程中引发的群体性事件，其实质是利益冲突，而利益取向是随着立场的改变而改变的。换句话说，在征地过程中，我们的干部之所以容易与农民群众发生冲突，关键是他们在立场上出了问题——是“执政为民”还是“执政为官”？是“以民为本”还是“以官为本”？

思考一：洗不净的“官脑子”。中国是一个特殊的国度，历经几千年的封建社会，形成了源远流长的“官文化”。这种“官文化”的核心就是“特权思想”，历朝历代的大小官员就是这种“官文化”的传播者、受益者和实践者。直到今天，我们的不少干部仍然自觉或不自觉地被这种“特权思想”所支配，他们嘴上念叨着“为人民服务”，以“公仆”自称，骨子里却是以“官”者、“管”者、“权”者自居，对“当家做主”的人民并不尊重。

就以征地问题来说，从项目引进开始，一些干部就没有很好地考虑农民的利益，总认为政府要做的事老百姓理当要服从，领导干部的话老百姓必须要听从，在这种“官念”下，出台政策草率简单，项目建设匆匆上马，对农民群众的意见建议置若罔闻，从一开始就为后来引发群体性事件埋下了“导火索”。等到事情闹大了，问题拖炸了，再想到要去做群众思想工作，那时候老百姓已经对你失去了信任，纵然你诚心诚意去解决问题，但往往是“热脸贴冷屁股”。

按《中华人民共和国村民委员会组织法》有关规定，土地征用本应通过村民大会表决并予告示，但一些地方官员组织召开村民大会仅仅是走程序，更多

的是抓住少数村干部，甚至是个别村领导草签了事，造成群众对项目缺乏了解，对政府失去信任，人为地把大部分群众推向政府的对立面。

思考二：单边倒的“指挥棒”。在这里先给大家说一件事。2004年春节，蒙州县江城乡发生一件怪事，这里的乡干部一反常态，忙着给各村村主任拜年送礼。原因是春节一过，这个乡将进行驻村干部竞争上岗，并实行双向选择，干部选村、村选干部，无人选择的干部将以待岗处理。乡官们怕丢了饭碗，改往年春节“往上走”为“往下走”，纷纷把礼送给了村主任。

我们暂且不去讨论“乡官”给“村官”送礼合不合适，但这一事件说明了一个问题，作为政府官员，他们的“政绩观”往往取决于干部考核评价这根“指挥棒”，而当前这根“指挥棒”是“单边倒”的。首先，考核的主体是政府自己，就如老百姓说的“爸爸考核儿子”；其次，考核的内容是有没有完成上级交给的任务；再次，考核的标准是上级领导满不满意。如此考核，我们的干部自然就“亲上不亲下”。当然，在干部考核中也有“群众满不满意”的内容，但往往是做给老百姓看的，用老百姓的话说就是“干部往自个儿脸上贴金”，老百姓不满意又能怎样？常听闻有干部因上级不满意而下台，却很少听说有干部因老百姓不满意而下台的。

还是以征地问题来说，一些地方领导在大、小会议上也多是要求征地工作一定要在某月某日前结束，项目一定要在某个吉时良辰动土，开工典礼一定要邀请某级某位领导出席。而几乎不曾听说，一定要把群众利益落实到何等程度，拆迁户的房子一定要在何年何月建起来，对失地农民要做如何安排。在这样的“指挥棒”下，干部们自然就唯上是从，又岂会多去考虑农民群众的利益问题？

思考三：够不着的“硬鞭子”。2003 年 1 月 17 日，时任国务院总理温家宝在中央农村工作会议上特别强调：“目前不少征地项目不给农民合理的补偿，不妥善解决农民的生计，造成农民失地失业，危及农村社会稳定。不少地方乱占滥征耕地，随意圈地，有的地方征地规模过大。这些问题必须引起高度重视。”“要改进土地征用的补偿方式，增加给失地农民的补偿，妥善安排好失地农民的生计。”

一些地方官员不是“唯上是从”吗？作为国家最高领导人之一的温总理如此一针见血地指出征地问题所在，为什么一些地方官员依然我行我素，置农民利益于不顾？这其中原因并不复杂：一是“县官不如现管”，对于“县太爷”来说，在很多时候，总理喊破嗓子，还不如市长打个电话，中央“鞭长莫及”；二是“雷声大雨点小”，中央不仅要有禁令，而且对违禁者要施以严厉的处罚，否则就令难行、禁不止。顽童并不惧怕慈母老是在“空中挥舞的巴掌”。

思考四：缺位的“预警器”。当前中国政府的行政机制最缺的就是“事前预警机制”和“事中纠错机制”，使得一些本可避免的错误或失误不能被及时发现和纠正。近年来，尽管各地出台了不少“责任追究制度”，但这种事后追究，对于挽回损失已无济于事，何况现实中很少有干部被所谓的“责任追究制”追究责任，偶尔有之也仅仅是“杀鸡吓猴”，更有甚者，有的地方在追究相关干部责任时也大搞“平衡”：东边处分，西边补偿；今天撤职，明天复出。

“工作责任书”变成“推卸责任书”，一级一级签订，一级一级推卸。

在一些地方的征地事件中，一些农民因为失去生产资料，生活陷入窘境，有的地方甚至发生失地农民乞讨、自杀事件，但一些地方官员对此并不重视。金沙县那位副县长在接受我的采访时，非常轻松地回答了这个沉重的问题，他说："至于你反映的一些老人生活陷入困境的问题，我天天在这里都没发现。"这样的地方政府，它的预警和纠错机制完全是空白的。

思考五：不该刮的"龙卷风"。改革开放30多年来，中国农民的脑袋得到了空前的解放，他们从不敢想到敢想，从不敢说到敢说，从不敢做到敢做，并逐渐形成了自己的思维方式和思想观点，特别是他们的法律意识、民主意识、维权意识大大增强，这对每一个政府干部，特别是对农村基层干部来说是一种考验。过去一些干部惯用的那种连吓带骗的工作方法已经彻底失灵，农民不再惧怕"通不通三分钟，再不通龙卷风"的乡干部。但目前一些地方干部面对现代农民群体仍然采取老办法，经常刮起"龙卷风"，直接引发群体性事件，尤其是个别地方领导一时头脑发热，在处理有关事件中轻易动用警察，直接把农民群众推向了政府的对立面。南河县"4·03"暴力抗议事件就是一个血的教训。

第四章

人是生物性的，哪里有阳光就朝哪里生长。许许多多的中国农民，因为在农村生活得不够好，于是开始涌向城市，由此就有了“农民工”。

大量的民工长期不被城市接纳乃至受到歧视，直接导致他们产生“仇城”“仇官”“仇富”的“三仇”心态。农民工问题的治本之策，就是大力发展县域经济，打破城乡分割，统筹城乡就业，实施就地转移。

揭开建筑业的“欠薪链”

有一位记者在北京一建筑工地体验民工生活时，意外发现有民工买《资本论》，30元的书价差不多是他辛苦劳作一天的“血汗钱”，为什么？那位买《资本论》的民工说：“我想知道，包工头到底是怎样剥削我们的。”

农村出身的我，完全能感受到这句话所含的愤怒和不满。我对建筑业民工问题的调查也就从欠薪问题开始，并先后于2003年底和2004年底全省统一部署的两次“春雨行动”中展开追踪调查。

2003年12月，我从原省劳动保障厅了解到，2002年和2003年，全省各级劳动保障部门追回被

拖欠工资都超过1亿元;作为省会城市的骞江市,随着清欠力度的逐年加大,清欠金额也不断上升:

2000年,1043万元;

2001年,1879万元;

2002年,2552万元;

2003年达到3500万元。

这其中,建筑业约占70%。

> 年年追薪年年欠,年年欠薪年年追,"清欠维权"似乎进入了一个"怪圈"。

究竟是谁拖欠了建筑民工工资?是什么原因导致欠薪问题?为了更加真实地揭开这个"盖子",本次调查我采取了最为原始的调查方式——顺藤摸瓜。

民工是建筑业"欠薪链"的最后一环。东部地区的冬日气温虽然没有北方低,但那种刺骨的湿冷是北方所不及的。在骞江市繁华地段的一个建筑工地工棚里,住着来自江苏、安徽、四川、贵州等地的200多个民工。我特地选择晚上8点以后去工地,因为只有到这个时候民工们才会真正停止一天的工作。我去工地的那天晚上,刚好遇上工棚停电,我是借着街边的路灯摸到工棚的。听说有记者采访,已经躺

在被窝里的民工都坐了起来，因为没有灯光，他们就点燃打火机给我照明，我问一句，他们答一句，我记一句，打火机亮一次，我的调查采访就在打火机一闪一闪中进行。

这里的民工告诉我，包工头对他们实行工时计酬，根据个人劳动技能熟练程度，每小时定额 2.5—5.5 元，日工作 9—10 个小时，月工作 28 天以上，达不到规定工时，不管什么原因每小时扣 0.5 元。人均月收入约 900—1000 元，除去伙食、购买劳保用品等费用，所剩无几。每月由班组长经手发放一次生活费，其余年底结清。

在另一个建筑工地的一间工棚里，停止了一天劳动的民工并没有休息，他们正围着一只纸板箱打牌。提起欠薪的经历，李姓兄弟俩如数家珍："在骞江市临桥区干了 3 个月被拖欠 900 元，在平波市干 2 个月被拖欠 1960 元，在常盛县干 35 天被拖欠 1400 元。"同寝室的另一位民工说："一听说我要结算工资，包工头的手机就整天关机"，"向他要钱还要挨打"。

一业内人士透露，不少工程经过层层转包，真正到施工这一手已经是四包、五包了，每转包一手，民工的工资就被盘剥一次。

民工的上游就是通常所指的包工头。我原以为采访包工头这一环会很艰难，想不到接受采访的几个包工头都很坦然，他们坦言，拖欠民工工资是必然的。

在一家建筑工地当包工头的小周告诉我，他在骞江市建筑工地打工已经10多年，熟悉了行内一些“套路”后，便当起了包工头。他以自己目前承包的打桩工程为例，给我算了一笔细账。他说，比如打一个桩需要3000元，他要上交钻机所有人1500元，余下的1500元包括了民工工资及材料费等。工程开工时项目部每个桩只预付600元，余下的要等到打桩工程完工后6—8个月内结清，这样就不可能不欠民工工资。他告诉我，自己雇佣的几个民工都是老乡，每月给他们预支200元生活费，临时有急用的，可以考虑给他们多预支一点。另一个工地的包工头告诉我，他不仅向项目部交纳了一笔质量保证金，而且相当一部分的工程款还要等到活干完后才能结算。他说：“我不可能自己拿出钱来垫付民工工资，只能先欠着。”

包工头的上游是施工企业(工程项目部)。工程项目部是施工企业完成工程施工的直接承担者，两者对外为一体，对内实行独立核算。一般来说，一家施工企业都有若干工程项目部。

调查发现，垫资是许多施工企业和工程项目部负责人最苦恼的事。蹇江建工集团的一位项目部经理说，政府投资项目尤其是一些“政绩工程”“形象工程”，玩的就是“空手套白狼”的游戏，这些由“长官意志”产生的工程项目，建设资金严重短缺，造成大量工程款拖欠，施工企业不得不自己垫付工程款。他还说，“最坏最黑”的要数房地产开发公司，他们在招投标前就私下对建筑施工企业提出垫资要求，不答应，自然就中不了标。

这位项目经理告诉我，不管是政府建设项目还是房地产建设项目，到工程竣工时，工程款最多只能到位70%，有的只能到位50%，施工企业不垫资是不可能的。这还不算在工程开工之前向业主单位交纳工程造价5%—10%的“工程质量、工期保证金”。调查采访中，他给我讲述了最近发生的一件事情：

蹇江市城郊某村要开一条村道，投资仅190万元，但镇、村有关领导却提出中标后要先交纳10万元的“质量保证金”，开工一个月内工程款到位10%，其余90%的工程款要等到工程验收合格后付清。也就是说，这么一个小小的工程施工企业要垫资170万元，加上保证金要180万元。

调查了解到，垫资现象在建筑业已经成为惯例。省总工会曾对全省88个项目部进行调查，调查显示，有40个项目部实行垫资施工，垫资金额达到2.5亿元，平均单个工程垫资600多万元；垫资1000万元以上的单个工程有9个，垫资最多的工程达4600万元，最低的也有30万元。在这次调查中，有54个项目交纳了“保证金”，交纳金额最多的达1600万元，最少的也有3万元。

上面这位项目部经理说，一些房地产项目到决算时，开发商不仅想“赖账”，甚至想吃掉施工企业交纳的“质量保证金”，于是就找出种种理由拖延决算，“拖到你胡须白了为止”。“业主单位拖欠我们，我们只能拖欠包工头，包工头就只有拖欠民工工资了。”

在业主单位大量拖欠工程款的情况下，为什么仍有那么多的建筑施工企业忍痛垫资施工？

几位建筑公司的老总告诉我，根本原因在于建筑市场供求关系失衡，建筑施工企业准入“门槛”过低，生产能力过剩。在这种情况下，“明知是陷阱还得往里跳”。

蹇江市建委有关负责人说，正常情况下，工程开工时业主单位要支付30%的预付款，此后按工程进度支付款项，工程竣工时工程款要到位80%，决算后款项支付率要达到95%，留5%作为工程保修金，但由于当前建筑市场僧多粥少，这些规矩显然就失去了作用。据介绍，2002年原建设部曾进行建筑市场整顿，抬高建筑企业的准入“门槛”，目的是为了提高建筑企业资质，淘汰低水平企业，但海东省是一个建筑大省，行业水平领先全国，结果经过整顿，企业数不仅没减少，反而多起来。到2003年，全省有建筑企业4000多家。其中，特级和一、二级企业有1100家，三级企业约3000家。这位负责人指出：过度竞争造成建筑施工市场秩序混乱。拖欠工程款问题就好比乘公交车，始终有人挤着“上车”，前面的人下了，后面的人又跟着上，下了这一班，接着又上第二班。明知要被欠，还得送上门。

建筑业拖欠民工工资问题，从工程项目一出笼就成必然，只不过矛盾在“食物链”最弱的民工这一环爆发。

施工企业的上游是投资(业主)单位。这才是真正的“老板”，他们处于“食物链”的最上游。至于他们为何拖欠工程款，待下文揭开谜底。

“欠薪链”的背后……

“贫血”的政府工程

业主单位大量拖欠工程款是造成民工工资拖欠的主要根源。令人惊讶的是，这些拖欠工程款的业主单位，不少是政府机关和事业单位。

工程审计结束，最多算是完工一半，还有一半就是讨债。

截至2003年底，赛江市东城区属地共有37个工程项目不同程度拖欠工程款，总决算金额约为3.14亿元，共拖欠工程款7600多万元，拖欠比例达24%。在37个工程项目中，业主是政府机关和事业单位的工程项目有19个，涉及10个省级部门和单位，有的还是中央部属单位，这些工程项目拖欠工程款2200多万元，约占拖欠总额的29%。需要指出的是，有3个政府机关、事业单位的工程项目竟然全额拖欠。19个工程项目的用途有行政楼、科研楼、实验楼、河岸改造、学生公寓、培训中心、图书中心、消防工程等。值得注意的是，教育类工程项目成了拖欠大户，在37个工程项目中涉及教育的有9个，共拖欠工程款2700多万元，约占拖欠总额的36%，其中某大学一个2500万元的工程项目，拖欠竟达1200万元。

调查发现，政府建设项目拖欠工程款已成普遍现象，并逐渐从城市向农村蔓延。2003年，经济欠发达的杨环县有10家建筑施工企业，却有7家被拖欠工程款，业主绝大部分是当地政府机关和事业单位，工程项目有法院大楼、检察院大楼、乡政府办公楼、乡中心小学教学楼等，拖欠工程款近1000万元，有的拖欠时间长达6年。

另从省建设厅了解到，据各地上报统计，到2003年底全省拖欠工程款总额为112.85亿元，其中政府机关、事业单位工程项目拖欠38.7亿元，占34.29%。一些干部群众反映，由于种种原因，工程款拖欠远远不止上报的这个数字，问题要更严重。綦江建工集团清欠办公室负责人告诉我，建筑施工企业不到万不得已是不会“撕破脸皮”上报拖欠的，因为那样会得罪业主单位。据他介绍，2003 年底该公司上报拖欠工程项目 19 个、拖欠金额 8000 万元左右，而实际拖欠达到 2 个亿，其中政府机关及事业单位约占 30％—40％。

政府工程何以“债务缠身”？

省建设厅一位部门负责人说，近年来，各地在城市化进程中都推出一些“亮点工程”，大到豪华气派的“城市广场”，小到一个单位的办公楼，不少是不切实际的“形象工程”“政绩工程”，与政府的实际财力严重脱节。

按规定，建设项目在立项审批时，政府有关部门必须对项目建设资金的来源渠道进行审查论证，以保障资金落实到位。

对此，綦江建工集团总经济师直言不讳：政府建设项目通过本级政府职能部门审批立项，很难做到严格把关，在这种制度下，特别是一些领导的“政绩工程”在审批中“一路绿灯”。

一位评标专家说，即便是按规定进行审查论证，这种审查论证，实际上只是对筹集资金的“可行性”进行“判断”，究竟能筹集到多少资金还是一个“未知数”，工程项目开工后，一些渠道的资金往往因为“种种原因”而得不到落实。他说，政府工程项目光靠财政资金投入是不现实的，政府往往把出让国有土地作为筹集建设资金的主要渠道，但如果在具体操作中出现问题，就会造成资金断档，从而带来工程款的拖欠。调查还了解到，一些县、乡的政府工程项目甚至把资金来源寄托在计生和土地罚没款上。

调查发现，政府工程项目拖欠工程款的另一个重要原因，就是建设超预算，超标准。一个工程项目从开工到竣工，少则两三年，多则三五年，其间常常发生领导变更。有的新领导上任后，盲目跟风，追求豪华，随意变更设计、变更材料，甚至扩建，造成工程建设出现巨大的资金缺口，最终导致长期拖欠工程款的局面。海平县一政府工程项目，预算造价为 1400 万元，工程开工后，领导随意变更，到决算时已近 3000 万元，超出预算一倍多。据了解，像这样因为超预算建设导致工程款拖欠的政府工程项目不在少数。

建筑业内有一句“行话”:“审计结束,完工一半”,意思是还有一半就是讨债。

建筑施工企业在项目业主面前比民工还要“弱势”,民工拿不到工资可以投诉,施工企业拿不到工程款只能哭诉。

按理说,政府工程项目大量拖欠工程款,必将引发大量的民事诉讼案件,但调查发现,近年来各地只有极少的建筑施工企业因此而状告政府机关。有关部门负责人指出,政府工程项目拖欠工程款量大、面广、时间长,但反应却“不强烈”,主要是因为建筑施工企业不敢得罪政府机关。

调查采访中,我强烈感受到建筑施工企业的这种“不敢”心理。接受采访的建筑公司老总、项目经理甚至是包工头,没有一个敢点出欠自己钱的政府机关。骞江市一家小建筑公司2001年承建了一个造价仅500万元的政府小工程,工程项目竣工验收已一年多,但仍有80万元工程款被拖欠着。我问公司老总怎么办,他说:“只能想办法找关系、找领导。”据介绍,该公司另有一个被拖欠300万元的政府工程项目,近年来,该公司每年春节找一次领导,领导每年批一次条子，前前后后拿到了60万元。

骞江三建公司老总非常无奈地说，建筑施工企业在业主面前的地位比民工还要“弱势”，民工拿不到工资还可以向劳动执法部门投诉，施工企业拿不到工程款只能“忍气吞声”，非到万不得已是不会走法律途径与政府机关打官司的。他介绍说，早在1995年，公司承接了某街道的一个装饰工程项目，工程当年竣工验收，但130多万元工程款一直被拖欠。2001年，该公司在多次催讨无果后，一纸诉状把业主告上法庭，法院判令业主支付本金及利息，但至2004年判决已生效三年，业主依然分文不还，该公司几次申请执行无果，几次发现可执行财产都被街道转移了，最后发现“那个法官”和街道是“穿一条裤子的”。

骞江市还有一家建筑公司为讨要长期被拖欠的工程款，把某事业单位告上法庭，官司历时两年多，最终虽然胜诉，但“花掉的钱比拿到的钱还要多”。这家建筑公司有关负责人告诉我，官司打得很辛苦，结果却很失望，本来打算向有关部门反映情况，但怕影响今后的业务，只能作罢。“在东城区建筑业我们是‘第一个吃螃蟹’的人，这其中的苦只有我们自己才知道。”

工程款的拖欠说穿了是经济纠纷，那么，市场主体之间发生经济纠纷为什么不敢诉诸法律？有关专家认为，这里面涉及两个问题。一是市场主体地位不平等。建筑施工企业出于方方面面的考虑，轻易不敢起诉，原因是怕得罪作为市场强势一方的业主单位，特别是政府机关，担心今后招揽不到生意。二是司法不公正。作为弱势一方的建筑施工企业起诉强势一方的业主单位，诉讼成本过高，这里的成本不仅仅是指正常的诉讼费用，还包括判决“执行难”产生的成本，以及因为诉讼的“负面影响”带来的市场份额损失。

据省建设厅有关人士透露，全省100多亿元工程款拖欠，真正走司法途径的只是极少极少的一部分，有的判决成了“一纸空文”，个别企业通过诉讼不仅没有拿回被拖欠的工程款，反而“倒贴一笔”。他指出，当社会信用缺失、市场失去自我调节功能的时候，法律本来应该成为最后一道保障线，而目前“法太软”的现状，致使债务人逍遥自在。

建筑业的潜规则——“阴阳合同”

2004年底，以清理拖欠民工工资为重点的“春雨行动”再次拉开序幕，我又对建筑业民工欠薪问题进一步展开调查。

在这次调查采访中，骞江市一家建筑公司的老总反复对我说一句话：“你永远不会了解我们的苦衷。”但他又不敢再说下去，似乎有许多的顾虑。也许是出于职业的原因吧，我不停地追问他有什么苦衷，最后他犹豫着从办公室抽屉的一沓文件中抽取了两份合同递给我说：“你看看就知道。”说实话，一时半会儿我确实看不出什么。他告诉我，这是一份“阴阳合同”，是建筑业的一个“潜规则”。

> “阴阳合同”的签订犹如“周瑜打黄盖”——一个愿打一个愿挨。只要施工企业不告发，“阴阳合同”就永远不会浮出水面，拖欠工程款问题也将屡禁不绝。

“阴阳合同”是建设领域的“行话”，是指一个工程项目完成招投标后，业主单位与建筑施工企业同时签订两份工程施工合同。一份是依法签订且经过政府部门备案的中标合同，在这份合同里，双方的地位是平等的、内容是合法的、程序是阳光的，所以业内人士称之为“阳合同”；另一份则是双方私下签订的施工“补充协议”，在这份协议里，双方的地位、权利、义务就明显不平等，业主单位作为强势方会提出许多苛刻的、不平等的条件，而建筑施工企业作为弱势方，为了争得业务只能委曲求全，因为这份协议具有极强的“隐蔽性”，业内称之为“阴合同”。

这位老总给我看的这份“阴阳合同”是该公司与某房地产开发公司签订的，只要仔细对照就会发现，这同一工程项目签订的“一阴一阳”两份合同，同一条款达成的约定却相差甚远。下面我直接将这份“阴阳合同”的“黑白条款”对比如下。

关于工程开工工期条款：“阳合同”约定为 25 个月，而“阴合同”却约定为 18 个月，两者整整相差 7 个月。

关于工程价款支付条款：“阳合同”就工程预付款和工程进度款的支付比例、金额、时间、方式以及违约责任都依法作了详尽的规定，但“阴合同”的这一条款却做出了许多苛刻甚至是非法的规定：“乙方垫资施工到主体结顶形象部位，甲方不支付预付备料款”;“结顶中间结构验收合格之前不支付工程进度款,中间结构验收合格后一周内支付主体工程价款的90%,结顶后按月进度支付工程款的80%”。“阴合同”还特别针对建筑施工方设立了履约保证:“乙方提供质量工期履约保证金700万元,其中350万元为项目的优良工程质量保证金,其余350万元为项目的工期保证金”,并约定“竣工优良工程评定后,一周内全额返还质量保证金。若工程达不到优良,则扣罚全部质量保证金,同时(处以)土建为直接费的2%、安装为人工费的20%的违约金累计执行”。“按补充合同(阴合同)工期完成,竣工核验通过后一周内全额返还工期保证金,工期提前不再做另行奖励;若按补充合同工期要求延期,按每日8万元扣罚工期保证金;延期30天以上甲方除扣罚全额工期保证金外,同时有权对因延期交付造成的其他经济损失提出索赔”。

关于工程款结算条款:“阳合同”规定“按省建筑安装费用定额标准民用一类甲类投资工程结算”,而“阴合同”却规定上述标准要“下浮17.5个百分点”,也就是说,“阳合同”约定的工程造价要被砍掉1000

多万元。

关于合同效力条款:为防止争议,"阴合同"还就合同的效力问题做了特别规定:"阳合同"的有关条款,"凡与本补充合同有冲突之处,均以本补充合同为准"。

采访时,这家建筑公司的老总告诉我,这个造价7000 万元的房地产工程项目早在两年前就已竣工,但仍拖欠 1000 多万元的工程款。

"阴阳合同"现象揭开了工程建设领域大量拖欠工程款的谜底,暴露了建筑施工企业市场地位低下、竞争激烈、生存艰难的窘境。

对海东省到底有多少工程项目存在"阴阳合同",不管是政府部门官员还是建筑业内人士,都表示很难估计,但都认为"有不少"。据了解,"白纸黑字"的"阴阳合同"主要集中在房地产工程项目,政府工程项目有的也有"私下协议",还有的事业单位则私下向施工企业要"赞助",这些"赞助"往往成为"小金库"的资金来源。

"阴阳合同"使建筑公司面对大量的工程款被拖欠时只能是"哑巴吃黄连,有苦说不出",也使房地产公司理直气壮地拖欠工程款。

骞江三建公司的一位副总经理说，房地产公司拖欠工程款是恶意的，有了“阴阳合同”在手，他们有恃无恐，有钱也不还债，总是用别人的钱进行再投资，用欠下家的钱来支付上家的债，这种恶意拖欠已经成了一些房地产开发企业的主要融资手段。这位副总经理坦言，他们为求生存，唯一的办法就是把拖欠转嫁给“下家”——分包企业、劳务企业、建材企业、民工工资，还有就是偷工减料。

有关专家指出，“阴阳合同”不仅是影响建设领域健康发展的一大“毒瘤”，而且已经成为一个棘手的法律问题。2005 年 1 月 1 日起施行的《最高人民法院关于审理建设工程施工合同纠纷案件适用法律问题的解释》第 21 条规定：“当事人就同一建设工程另行订立的建设工程施工合同与经过备案的中标合同实质性内容不一致的，应当以备案的中标合同作为结算工程价款的依据”。专家认为，《解释》的出台为审理“阴阳合同”纠纷案件提供了法律依据，但并不等于“阴阳合同”就会从此消失，只要建筑市场这种供求关系失衡的状况不改变，“阴阳合同”就永远存在，只不过表现的形式不同而已，特别是“阴阳合同”的签订如“周瑜打黄盖，一个愿打一个愿挨”，只要施工企业不告发，“阴阳合同”就永远不会浮出水面，拖欠工程款问题也将屡禁不绝。

劳动执法缘何“疲软”

“年年追薪年年欠，年年欠薪年年追”，“清欠维权”行动进入了一个怪圈，民工的合法利益似乎处于一种“无法律无组织保护状态”。调查发现，其中很重要的一个方面就是劳动执法“疲软”。

“公安有手铐，法院有传票，工商有执照，税务有发票，劳动监察有什么？”——劳动执法力量薄弱，手段缺乏。

国家有《劳动法》《工资支付暂行规定》，省里有《劳动合同办法》《企业工资支付管理办法》，各地也先后出台了一系列关于劳动用工、劳动工资方面的规章制度，但层层制订的法律、法规和制度为什么保障不了民工的那点“血汗钱”？

残缺的法律意识。原省劳动保障厅一位处长说，劳动执法不到位，首先是一些领导干部的法律意识问题，有的地方领导不能正确处理好经济发展与劳动执法的关系，存在“一手硬一手软”现象。调查了解到，2003 年上半年，南河县劳动监察大队前往一民营企业调查一起劳资纠纷案，企业主立即向县政府报告，几分钟后，县领导就打来电话，勒令执法人员停止调查。一位劳动监察人员气愤地说：“行政执法挡不牢业主一个电话，法律权威挡不牢领导一句屁话。”据了解，2001 年以来，类似事件在该县发生多次。该县 20 多个乡镇劳动保障机构由于经费短缺难以为继。省劳动监察总队有关部门负责人说，有的地方领导对一些用人单位拖欠民工工资问题视而不见，无意中默许了欠薪行为。

骞江市劳动监察支队副支队长何明说，当前，有不少经营者在追求经济效益最大化过程中，有意无意、有形无形地损害了劳动者的利益，少数经营者甚至把严格执行《劳动法》与增加企业负担等同起来，与改善投资环境对立起来。他告诉我，骞江有一家企业因不按规定与民工签订劳动合同，劳动监察部门接到举报后立即介入调查，并责令其纠正。不久，这家企业就提出撤资，要求搬迁到附近投资环境相对“宽松”的县、区。某大学工程项目部是 2003 年底全市“春雨行动”的重点执法检查对象，项目部副经理楼某却说：“劳动部门有劳动部门的规定，我们工作有自己的程序。发工资必须等到整个工程量核算完毕，即使现在发工资也是违反公司操作程序的。”

省劳动保障研究院院长师大成说，企业不与职工签订劳动合同，主要原因是经济利益的驱动，这样既可以规避企业工资总额的统计、交纳各种税金和社会保险费，降低用人成本，又可以随时“炒鱿鱼”更换新人，迫使民工委曲求全、廉价劳务。他说，这种原始的管理理念反映出当前一些管理者的管理水平和管理素质已经跟不上现代企业科学管理的需要。

省劳动监察总队有关领导说，在劳动力资源充裕、劳动力供大于求的情况下，劳动者为了找到一份工作，或者害怕丢掉饭碗，委曲求全，缺乏自我保护意识，对用人单位的侵权行为不敢大胆抵制，往往是在离开单位后才向劳动监察部门举报，大大增强了调查处理的难度，也助长了劳动违法现象。调查采访中，不少民工对签订劳动合同都有这样一种心态：“有活干了再说，拿不到工资再投诉”，面对生存问题，民工在找工作时，根本不会考虑如何维护自己的权利，这让许多雇主钻了空子。

我从省劳动保障部门了解到，2003 年全省职工劳动合同签订率为 75%，民营企业只有 40%。就建筑业而言，建筑民工已占到整个职工队伍的 90%以上，工程项目部招用民工主要有三个渠道：在本企业劳务市场招用的约占 33%；直接从“马路边”招用的约占 57%；向有资质的建筑公司包清工的约占 10%。未签订劳动合同的主要集中在“马路边”这一群体。

“短腿”的执法队伍。“公安有手铐，法院有传票，工商有执照，税务有发票，劳动监察有什么？”调查采访中，一位劳动监察人员的这段顺口溜，反映出劳动执法力量薄弱、手段缺乏的现状。

以省会城市骞江市为例，截至 2002 年末，全市有职工人数 116.83 万人（以参加养老保险为统计口径）。依照劳动保障部关于劳动保障监察机构专职监察员与所在地区职工人数按 1∶8000 的比例配备标准，骞江市各级劳动保障监察机构应配备专职监察员 148 人，而实际上该市各级劳动保障监察机构核定编制人员数只有 59 名，实有人数 86 名（包括借用人员)，缺编 89 名。

骞江市 13 个区、县(市)虽然都单独设立了劳动保障监察机构，但有不少区、县(市)专职监察人员的编制、经费都没有落实到位。骞江市本级虽然建立了劳动监察支队，编制 25 人，但面对繁重的执法任务明显不能适应需要。劳动保障监察案子多、人手少、任务重、力量弱的矛盾日益突出。比如，骞江市下属的南市区劳动监察大队集仲裁、信访、劳监于几个人身上，实际上就是“一块牌子”。青流县劳动局一共 12 人，其中从领导岗位上退下来的“调研员”就有 7 个，劳动监察员只有 2 人。全市只有个别乡(镇)建立了劳动监察中队。

堵塞的诉求渠道。原省劳动保障厅的干部告诉我，一些用人单位和包工头之所以肆无忌惮地侵犯民工的劳动权益，一个非常重要的原因就是民工的诉求渠道不畅，民工维权缺乏坚强的组织后盾，代表民工维权的工会组织，其维权现状不尽如人意，特别在非公有制企业中，工会常常缺位或不到位。调查了解到，全省非公有制企业很大一部分没有建立工会组织，即使建有工会组织的，也显得软弱无力，不能真正担当起为民工维权的责任，有的甚至“坐歪了屁股”成为企业行政代言人。另外，政府也没有设定专门的民工维权机构。

另一方面，司法、行政执法在保障民工劳动权益上没有发挥应有的作用，劳动争议调解、仲裁、诉讼时限过长，不利于劳动者通过法律途径解决欠薪问题。调查了解到，劳动争议的调解时限最长为30天，仲裁时限最长为90天，一审诉讼时限最长为270天，二审诉讼时限最长为90天。这就是说，一件劳动争议案件从仲裁开始到诉讼结束最长要历时近一年半，这个漫长的过程对急于拿回工资养家糊口的民工来说是难以承受的，民工迫于无奈就会寻找一些法外的、甚至是非法的解决途径。一些民工甚至认为，暴力维权比法律维权更为有效，这种情况显然是大家所不愿看到的。

秋雁姑娘之死谜

相对于那些拿不到“血汗钱”的民工兄弟来说，成秋雁姑娘更为不幸。2004年1月21日(农历2003

官员要增长、老板要赚钱、民工要生存，三者之间为实现各自的利益达成了对“钱”的默契。这种默契，最终往往以牺牲作为弱势一方的民工的健康和生命为代价。

年大年三十）傍晚，成秋雁因连续多日超负荷工作猝死在下班回家的路上……

成秋雁来自南松市农村，年仅23岁，生前是某大型超市一个休闲食品柜台的营业员。从1月8日开始，这家超市的营业时间为7:30—24:00，员工早上7点15分就要进场。虽说是做一天休一天，但从19日起，成秋雁连续三天没休息，21日傍晚，超市里的顾客已经很少了，她才于17点15分下班。据她的男朋友范晓仁反映：“那几天，她总是感觉恶心、头晕、想吐，我还以为是超市里人多，空气不好。她还说超市主管嫌她手脚慢，没顾上柜台陈列，她想辞职不干，我劝她还是过了年再说……没想到竟死在赶回家吃年夜饭的路上。”

南松市第四医院的病历上写着：猝死待查。

成秋雁姑娘的死，让我想到了两个问题：一是究竟是谁剥夺了民工的休息权；二是她的死是否属于“过劳死”。

正当我要介入调查时，成秋雁的男友范晓仁打

来电话，告诉我超市同意以“赔偿 18 万元私了”。随着双方“协议”的达成，这起人命关天的劳动纠纷就这样被“抹平”了。

事故被抹平了，但问题是抹不平的，我仍然继续我的调查。

第一个问题：是谁剥夺了民工的休息权。根据我国《劳动法》和相关法规规定：国家实行劳动者每日工作时间不超过 8 小时、平均每周工作时间不超过 40 小时的工作制度；用人单位应当保证劳动者每周至少休息一日；用人单位由于生产经营需要，经与工会和劳动者协商后可以延长工作时间，一般每日不得超过 1 小时，因特殊原因需要延长工作时间的，在保障劳动者身体健康的条件下，延长工作时间每日不得超过 3 小时，但每月不得超过 36 小时。

调查采访中，大部分的企业老板都承认“有加班加点”现象，但对是否超过法定劳动时间都表示“没有”，对“过度疲劳”一说更是表示“不会”。而接受采访的民工则普遍表示“累是自然的”，但他们对加班加点也普遍表示不置可否，他们“已经习惯了老板的需要”，认为“老板要你加班你总得加班”，不然会“丢人，在生存和利益面前，会丢弃许多本不该丢弃的东西，包括健康、感情、道德、良心，甚至是尊严。

工作”。也有一部分民工认为“要多赚钱加班加点是当然的”。至于一年里加班加点的时间有多少，老板和民工往往都“说不清楚”，一些民工甚至已经模糊了“加班加点”这一概念，在他们头脑里似乎只有“上班下班”。

调查发现，不管是老板还是民工，他们更关注的是各自每月能赚多少钱。对于休息权问题，老板和民工都不够重视，民工因加班加点而投诉老板的并不多见，即便有这方面的投诉，往往也是由劳资纠纷带出来的。

南松市劳动保障部门的一位负责人告诉我，有不少企业主认为，8 小时工作制在企业很难实行，企业要赶生产任务就得加班加点，特别是出口加工企业，很少有遵守法定用工时间的。另一方面由于劳动用工竞争激烈，一些民工为保工作，无奈坚持加班，也有相当一部分民工“为多赚钱不顾休息”。他认为，从劳动保障角度出发，不应该提倡超负荷劳动，即使是满负荷劳动也必须是科学的。

就企业对法定劳动用工时间的执行情况，我走访了劳动保障、劳动监察及工会等有关部门，得到的答复是，民工很苦很累，民工的劳动时间“很难调查掌握”。但据透露，2003 年，南松市劳动监察支队受理投诉案件近 7000 件，其中投诉加班加点的占 20%，在被查处的案件中，连续工作时间最长的超过了 16 小时。涉及的行业主要有餐饮、娱乐、小五金、服装加工等劳动密集型企业。一位工会负责人直言：“现在各部门重视的是民工的欠薪问题，至于其他那是以后的事。”南松市劳动保障部门的一位负责人指出，近年来个别地方为了营造“宽松”的投资环境，政府有关部门对加班加点现象是“睁一只眼闭一只眼”，个别领导甚至以行政权力强行干预劳动执法。

调查进行到这里，对于是谁剥夺了民工的休息权的问题基本有了答案——是企业老板，是民工自己，更是社会大环境。

官员要增长、老板要赚钱、民工要生存，三者为实现各自的利益达成了对“钱”的默契。这种默契，最后往往以牺牲作为弱势一方的民工的健康和生命为代价。

种种原因引起的长期超负荷劳动迫使民工大量透支体力，而民工因为收入微薄，健康保健意识薄弱，医疗保障又近乎空白，往往要到积劳成疾才发现。

2004年2月底，江西籍民工小陈的结核病终于治愈。一年多前，小陈因过度劳累患上了结核病，由于没钱医治一直硬撑，直到“连路也走不动了”，才由老乡送去治疗。南松市结核病控制项目办公室和市疾控中心结核病门诊部决定给予医疗费用特免，经过一年多的治疗，小陈终于被救了下来。

相对于许许多多的外来民工来说，小陈是幸运的。3月底，南松市二医院为一建筑工地的民工做免费体检，检查结果发现，这些正处青壮年的民工“全身都是病”。

41位民工检查提示有22种疾病，比较高发的有高血压、肾结石、血脂异常，其次有糖尿病、脂肪肝、肾炎、肾积水、肝囊肿、心电图异常等。腰肌劳损、骨头及关节外伤、胃病、皮肤病、风湿关节炎等已成为民工的“家常病”。几乎所有受检查的民工都患有慢性咽炎、支气管炎。

此前不久，南松市疾病控制中心举行大型义诊活动，仅一天时间就发现结核病人42人，其中疑难病例24人，重症病例11人，这中间大部分是外来民工，他们病情复杂，多种器官同时发病。据南松市疾病控制中心的医生介绍，南松市结核病的发病，外来民工约占总发病人数的20%。

主要迫于经济的原因，相当一部分民工有病不看。据省有关部门对外来妇女做的一次问卷调查，有41.8%的外来妇女有病不治，在两年内做过健康检查的只有32.3%，民工的医学保健知识又非常有限。来自安徽的电焊工小胡告诉我，他每天的工作时间长达10多个小时，“我知道自己老了肯定会有很多病，但解决眼前的生存问题更重要啊!”他无奈地说。

第二个问题:秋雁姑娘是否属于“过劳死”。“过劳死”一词源自日本，最早出现于日本20世纪七八十年代经济繁荣时期，它并不是临床医学病名，而是属于社会医学范畴。它在日本被定义为:过度的工作负担(诱因)，导致高血压等基础疾病恶化，进而引起脑血管或心血管疾病等急性循环器官障碍，最终致患者死亡。

休息权作为我国宪法赋予劳动者的一项基本权利，应该与劳动权同样重要，放弃休息的权利不能被滥用。

大概在秋雁姑娘死后三个月，我专门采访了省劳动和社会保障科学研究院院长师大成。师院长认为，秋雁姑娘是否属于“过劳死”要经过严格的鉴定，但从此事件可引发三点思考。

一是“放弃休息权”不能被滥用。师院长说，“过劳死”现象产生的原因之一，是职工“工作中日积月累的疲劳和紧张”。目前劳动者延长劳动时间，放弃休息的现象在一些行业相当普遍：有用人单位以赶生产任务为由，强迫劳动者放弃休息，加班加点；有劳动者为多赚钱而自愿放弃休息，延长劳动时间。对强迫劳动行为，国家已有较为严厉的立法，包括在我国《劳动法》中的相关规定以及在《刑法》中设立的强迫劳动罪。对劳动者主动放弃休息的情况，往往因带有“自愿”的成分而被认为是合法。值得注意的是，长期以来一些国有企业把劳动模范爱岗敬业、为工作和事业超负荷劳动颂为美德。师院长认为，休息权作为我国宪法赋予劳动者的一项基本权利，应该与劳动权同样重要，不应当被忽视，放弃休息的权利更不能被滥用。他建议，在对劳动者爱岗敬业、放弃休息、努力工作的精神意义给予肯定的同时，应当呼吁劳动者树立一个正确的劳动观；对强迫劳动者延长劳动时间的违法行为一定要严厉处罚；对劳动者自愿延长劳动时间的，用人单位应有劝告的义务，一旦发现职工加班加点超过法定限度后，应及时劝阻；对以多赚钱为名，怂恿职工放弃休息，给劳动者身心健康造成严重损害的，有关部门应追究企业负责人失职的责任。

二是需要竞争更需要"缓冲"。师院长说，随着我国社会变革和经济转轨的进一步发展深化，每一个人面临的生存和发展竞争日益激烈，高速前进的社会和人文环境对大众的心理素质已提出现实的挑战，"过劳死"现象的增多与劳动者心理压力的增大有着密切的关系。省有关部门对外来劳动者的抽样调查表明，有30%的劳动者存在心理问题，主要表现为工作压力过大、经济负担过重、人际关系紧张等，从而使劳动者长期处于焦虑不安、心绪不宁的心理状态。这就提醒劳动保障部门应重视劳动者心理卫生保健工作，在加强劳动安全保障的同时，应该通过开展心理卫生健康教育，指导劳动者通过正常途径舒缓由于生活节奏过快、工作压力过大、就业艰难而导致的巨大心理压力。他说,从发达国家对劳动者心理问题的重视程度看,心理卫生保健工作是关系到群众生活安宁和社会稳定的大事。据介绍,早在 1908 年心理咨询在美国就以职业指导的形式出现,至今美国纽约州平均每一千人就有一个心理咨询师,德国平均每两千个人有一个心理咨询师。而据不完全统计,我国目前心理咨询人员不到 5000 人,按 13 亿人口计算,每 26 万人才有一个心理咨询人员。师院长认为,用人单位在重视企业安全生产的同时,应把心理咨询纳入企业人力资源管理的内容,开辟心理疏导的场所,保障劳动者的身心健康。

三是“过劳死”呼唤地方先行立法。师院长指出,2004 年 1 月 1 日起实施的《工伤保险条例》对在工作时间和工作岗位,因突发疾病死亡或在 48 小时之内经抢救无效死亡的情形,视同工伤处理,但没有对因工作紧张、负荷过重等原因,在非工作时间或工作岗位突发疾病死亡的情形予以规定。我国劳动立法上尚没有“过劳死”这一说法,对什么是“过劳死”、如何认定“过劳死”及“过劳死”的职工如何获得经济补偿等均没有相关的法律法规，这不利于保障劳动者因工作原因导致死亡而获得法律救济的权利。据介绍，2000 年上海曾审理过一起因“过劳死”引发的诉讼案，最终因没有相关法律依据而致劳动者一方败诉。师院长认为，虽然完善劳动立法需要一个过程，但近年来“过劳死”个案增多，应当引起有关部门的重视并积极寻找解决这一问题的途径。据介绍，日本对“过劳死”已有相对详细的立法，比如将雇员死亡前 6 个月作为考察期，把工作时间的规律性、出差的次数、办公场所的温度及噪音等都作为关键指标，考察“工作中日积月累的疲劳和紧张”是不是导致死亡的原因。师院长建议，在目前我国还没有相关法律法规对“过劳死”现象予以规范的时候，地方政府劳动保障部门在总结经验的基础上，可先行创建地方性法律规章，以填补此项立法空白并为国家立法做准备。

“外来妹”何以命丧“地下接生婆”

民工兄弟超负荷的劳动强度、微薄的工资收入不仅“蛀空”了自己的身体，也直接影响其家人的健康，甚至生命。

2003年1月，省有关部门的一份简报引起了我的注意，简报反映，2002年7—8月，乐洲县发生了三起因非法接生导致外来民工产妇死亡事件，虽然事件本身已经得到妥善处理，但我更关心的是事件背后的深层原因，希望通过深入调查，为流动人口管理工作提供有益的参考。

地处沿海的乐洲县市场经济起步较早，由于生产制造业发达，吸引了大量的外来民工。截至2002年，该县外来流动人口已近20万人，其中育龄妇女近8万人。这些外来妇女大多来自经济欠发达的四川、江西、安徽、湖北等省农村，经济十分困难，文化程度偏低，自我保健意识薄弱。

四川籍产妇连志凤，2002年3月来乐洲打工，持有准生证。同年7月17日，连志凤在同乡游医辛向财在乐洲暂住的民房内分娩，下午4时左右，产后出血不止，在转送乐洲县第三人民医院途中死亡。

同是四川籍产妇方小丽属计划外怀孕，8月18日到安徽籍游医楚开利暂住处分娩，产后大出血，在转送医院途中死亡。

时隔不到 10 天的 8 月 26 日，湖北籍产妇伍苏红经人介绍，在一不明身份的游医暂住处引产，同样导致产后大出血，最终经医院抢救无效死亡。

乐洲县卫生监督部门在查处中发现，这些“地下接生婆”的接生工具仅有一把剪刀、一双手套，用白酒替代酒精“消毒”。更有甚者，有一“地下接生婆”为掩人耳目，竟然选择在人迹罕至的坟墓上给产妇接生。

省人大代表、乐洲县人民医院妇产科主任林玲认为，众多的外来民工产妇之所以选择“地下接生婆”分娩，主要是迫于家庭经济压力，据她介绍，当时一名产妇在当地正规医院分娩的费用多则四五千元，少则一千多元，而“地下接生婆”一般只收取两三百元。其次是逃避计划生育，一些外来民工产妇因超计划生育，为逃避处罚而选择地下接生这一途径。调查了解到，2002 年仅乐洲县妇保医院成功抢救的 82 例产妇中，外来民工产妇有 34 例，占 41.4％；经县第一人民医院抢救的产妇有近 60％是外来民工妇女。

外来民工产妇死亡事件频发，相信不完全是其个人和家庭的原因，政府有关部门的监管有没有问题？

为此，我走访了乐洲县卫生局、计生局、妇联及一些医疗单位，比较一致的看法是，地方在外来流动人口管理体制上存在缺陷。

乐洲县卫生局防保科科长华德胜告诉我："'地下接生婆'具有很强的隐蔽性和流动性，她们没有进行暂住人口登记，加上一些出租房的房东和外来民工又帮着隐瞒行踪，所以查处难度很大。"他认为，要彻底掌握外来民工产妇这一"高危群体"的情况，就卫生部门目前的人手、经费来看，都不具备这样的条件和能力，建议通过政府牵头，各部门齐抓共管来解决。

乐洲县计生局副局长盛叶直言："从表面上看，相关部门都在努力做好自己的一块工作，看似'齐抓共管'，实际上公安、计生、民政、卫生等部门，各有各的考核指标和办法，并且相互冲突。"

盛副局长反映，国家、省有关流动人口管理办法明确规定，外来务工人员在办理暂住证时必须先出示婚育证明并进行登记，但部门之间的利益冲突往往导致婚育验证工作难以落实到位。

盛副局长进一步解释说，如果严格按照“先有婚育证明再予办理暂住证”的规定执行，计生部门的管理就比较主动，但是这样很多外来务工人员将无法及时办理暂住证，又将给公安部门的社会治安管理带来困难。于是乐洲县对没有婚育证明的外来人员采取“先予暂住人口登记，限一个月内到户籍地补办婚育证明”，这样一来，计生部门的管理又陷入被动，因计生监管力量十分有限，办理了暂住证的外来人员大多“一去无回”，能在一个月内补办婚育证明的最多只有30％。

统计显示，2001年乐洲县外来人员婚育证明的持证率约为12％，2002年有所上升，但持证率也只有25％左右。

乐洲县计生局流动办黄英反映，一个比较突出的问题是管理经费短缺。据介绍，2002年以前，计生部门可以向外来育龄人群收取管理费，这笔费用80％返还村一级，20％提给公安。2002年上半年取消收费后，对这一群体的管理冲击很大，村一级管理队伍名存实亡，公安部门的配合也出现了被动。

她说，尽管后来县里成立了流动人口管理大队，并在重点乡（镇）设立了中队，但光靠突击检查不行，根本办法还是要加大投入，健全网络，加强日常管理。调查了解到，虽然乐洲县、乡两级财政对这一块工作实行补贴政策，但仍难以满足实际工作需要。

乐洲是江东市所属的一个县。调查获知，2002年江东市共发生外来民工产妇死亡事件12起，占全省外来流动人口产妇死亡数的50%以上，但并没有引起政府及有关部门的足够重视。

民工“弃城”

2004年2月17日中午，我从单位食堂打好饭回到办公室，刚拿起筷子准备吃饭，电话铃骤然响起，我接起电话，一位同行告诉我，大概在几个小时前，有一位民工在骞江闹市区跳楼身亡。

我立即通过有关渠道了解情况，得知死去的民工叫黄贵生,年龄才 27 岁,来自安徽农村,生前在骞江市郊一家私营企业打工。警方初步判断为自杀,具体原因还需要进一步调查。

黄贵生生前在地处偏僻的郊区农村租了一间房子,我驱车赶到时已是人去楼空。这是一间只有 10 平方米左右的房间,四周墙面砖块裸露,光线暗淡,房内只有一张咯吱作响的床架。

房东老大娘已经知道黄贵生去世,她告诉我说:“昨天刚搬走,今天就听到他跳楼的消息,小伙子命真苦。”

我问老大娘黄贵生会搬到哪里去,她说是搬到他也在骞江打工的堂弟家。几经周转,我联系上了黄贵生的堂弟黄贵发,他告诉我:“贵生昨天哭了一夜,哭得很伤心”,“问他什么都没说,就是哭,谁知道他会干这傻事”。对此,黄贵生打工的那家企业负责人也感到很奇怪,“几天前发了工资后就不辞而别”。一起打工的几个同事都说黄贵生“人老实,就干活,话不多,从不与人闹矛盾”。

黄贵发从堂哥黄贵生的遗物中发现了一本账本,账本详细记录了他从 2003 年 1 月 15 日至 2004

年 1 月 15 日的月收支状况，从中可以看出，黄贵生平日生活窘困。

收入最高的月份有 950 元，最低的只有 149 元，月均 553 元。全年毛收入 6640 元，总开支 2430 元，余存 4000 元。包括每月 50 元房租，黄贵生月生活费基本维持在 200 元左右。

账本还记录着黄贵生的一些病情：上腹肿胀，血液循环受阻，肾结石，胃炎，肝炎，胸动脉塞，心脏病，气短，背部酸软无力等。

> 每个正常的人都具有“利益比较”的能力，农民工在收入不高、环境不好、状态不佳的情况下依然选择进城打工，是因为进城打工的综合效益仍然高于留在农村。但是，农民工一旦决定离开那座城市，就说明这个城市的“打工环境”已经到了“底线”。这就像大自然的动物群，它们之所以要集体迁徙，是因为那个地方的环境不再适合它们生存。

调查采访中，有不少人认为，黄贵生的生存状况绝非个例，而是全省数百万外来民工的生活缩影，只不过更多的民工还在默默地承受着……

但是，任何人的承受力都是有限度的，这种限度一旦被突破，并从个体衍生为群体现象时，放弃、求变、反抗就会成为这个群体的普遍心态。

采访中，惊悉在江东市打工的安徽农村青年李平被“本地人活活打死”，当地许多与李平年纪相仿的外来民工卷起铺盖开始回家……

也许是一种巧合，也许是一个信号。2004年春节后，全省第一次出现大规模的“民工弃城”现象。在省会城市骞江以及该省民营经济发达的几个城市，节后返城的外来民工锐减，许多企业招不到工人，出现了“招工春荒”。

民营经济最为发达的江东市，民工流失率达到17.2%，该市职业介绍中心从1月26日开市以来的一个月，每天推出的岗位都维持在13000—20000个，但每天介绍成功的人数却不足2000人。骞江市外来劳动力服务中心提供的数据显示，2月份有12个工种存在用工缺口，缺口人数达17218人，有10个工种的用工需求量超过求职人数的1倍以上，有的甚至是10余倍。

民工选择一个城市打工不容易，放弃一个城市转而再选择另一个城市打工更不容易。为什么一些民工会下决心离开自己生活了几年甚至十几年的城市？

调查中，有不少民工说：“这里的老板太抠门。”

骞江市外来劳动力服务中心提供的2月1日至

3月5日的“工种月薪排行榜”表明，在所列的133个工种中，最高月薪4000元（只有电子工程师一个岗位），最低月薪仅520元，月薪1000元以下的工种多达84个，平均月薪940元。该中心副主任卫子刚说，排行榜所列月薪是企业开出的价格，民工被录用后是否真的能拿到这个数还很难说，其中有不少水分。

调查了解到，不少民工每月实际收入只有五六百元，能提供住宿的用工单位只有20%，面对骞江不断上涨的房价，大部分民工得自己掏钱租房。民工的普遍心态是：收入少、花销大，还有可能被拖欠工资，与其到年底两手空空回家，还不如年初就挑一份工资相对高一点的活。

虽然也有一些工种开出较高的工资，但劳动条件却相当差。以骞江市缺口最大的裁剪缝纫工为例，2月份需求人数7140人，但求职人数只有560人。据有关人士透露，虽然缝纫工人每个月的工资有1000多元，但几乎每天都要加班加点干上十几个小时，有时还得干通宵，所以一提起这个岗位，很多年轻女工就避之不及。

调查发现,尽管这一年春节后返城的民工减少,但仍不至于改变劳动力供过于求的状况,面对人头攒动的求职大军,企业老板既没有加薪的念头,更没有改善劳动条件的想法。

几乎所有的地方政府都非常重视招商引资环境,也几乎所有的地方政府都没有足够重视民工的生存环境。其实,民工这个群体才是促进一个城市发展不可或缺的重要部分,正是他们的如约而至,才给一个城市的腾飞奠定了基石。

来自江西的女工小惠说,1997年她刚到骞江打工时,每月的工资是450元,到2003年,工资只涨了100元。她说,工资收入与消费水平相比,就像拖拉机赶火车,怎么也追不上。与她同在骞江打工的丈夫曾劝她去别的城市,但自认为已经是"半个骞江人"的她却舍不得离开。她说:"再给骞江一次机会。"

民工说老板"抠门",可老板又说民工"没用"。

调查发现,在企业出现"招工春荒"的同时,又有大量的缺乏劳动技能的外来民工找不到工作,出现了"求职饥荒"。有企业老板说:"有技术的走了,没技术的回来了;该回来的没回来,不该回来的回来了。"

在骞江市外来劳动力服务中心的招工现场,来自江西的王姓兄弟俩告诉我，他们元宵后来骞江，至今已有一个多月，但仍然没有找到工作，从家里带来的600元钱已经花光，只能向老乡借。他们说，如果再过几天还找不到工作，只能回家。调查了解到，全省各地都出现了一些民工因找不到适合的工作无奈踏上归程。与此形成鲜明对比的是，在五金之乡常寿县，优秀技工成了企业竞相追捧的“明星”，有的技工年薪已涨到20万元。

调查还发现，随着各地产业转型升级，熟练掌握一门劳动技术已经成为民工就业的一道新“门槛”。

据骞江市劳动部门负责人介绍，有70％的岗位要求达到初级工以上水平，19％的岗位要求具备中级工水平；有93％的岗位要求具有初中以上文化程度，34％的岗位要求具有高中以上文化程度。江东市职业介绍中心在春节前后曾对78家企业进行调查，调查显示，这些企业的技术工人用工量达到75％。与此形成强烈反差的是，民工中具有一定职业技能的，发达县市大约在20％左右，欠发达县市甚至不到10％。

海东省市场经济起步较早，民营经济发达，但多年来大量的企业仍然没有一支属于自己的技术工人队伍。对此，省就业管理服务局副局长谷建农说："民工技能不足，用工单位是有责任的，长期以来，许多私营企业重生产、轻人力储备，重用工、轻技能培训，致使员工的劳动技能始终处于低水平状态。这不能不说是民营企业老板'之痛'。"

中国农民很善良，但也很倔强。一旦他们决定离开这个城市，转而向别处谋生，或许就永远不再回来。到那个时候，不是城市淘汰民工，而是民工抛弃城市。

第五章

农村基层党组织是维护农民民主权利的“第一道保障线”。但是，自 20 世纪 90 年代以来，农村基层党组织建设“加而不强”，农民一旦遇到矛盾和困难，就不得不选择上访。

于是，全国近 70 万个行政村、9 亿农民的矛盾和问题，因为“第一道保障线”的突破而迅速形成“喷泉效应”，由下而上喷泉般地涌向乡、县、市、省，直至中央机关。

◇ 245 位老人的漫漫上访路

◇ 信访工作“老爷车”

◇ 众说纷纭话“批示”

◇ 只要有人“击鼓鸣冤”法官就应“闻鼓升堂”

◇ 领导下访该何访

245 位老人的漫漫上访路

谈“三农”问题不能不提信访问题。

有媒体称，2003 年中国出现了“信访洪峰”。媒体之所以称之为“洪峰”，是因为无论是群众信访的规模还是矛盾问题的尖锐程度，都处于“非常”状况。

评价一个干部，不但要看他做了多少事、什么事，还要看他留下了一个什么样的环境。

就在这一年年底，时任国家信访局局长的周占顺在接受媒体采访时，尖锐地指出了信访问题中的“四个 80%”：

80%以上反映的是改革和发展过程中的问题；

80%以上有道理或有一定实际困难和问题应予

解决；

80％以上是可以通过各级党委、政府的努力加以解决的；

80％以上是基层应该解决也可以解决的问题。

作为国家信访工作机构的主要领导，对信访问题如此量化，一方面说明改革开放以来种种发展中的矛盾和问题已经充分暴露出来；另一方面也说明群众诉求机制已经出现严重堵塞。

群众诉求机制，就好比政府的消化系统。消化系统功能失常，会出现什么问题，将导致怎样的结果，可想而知。

有资料显示，2003 年省、市、县三级党政信访部门接待群众来访 8 万多批 30 余万人次，同比分别增长 30％、2.7％，群众集体来访分别约占三级信访受理总量的 22％、50％、50％。与此同时，群众信访行为日趋激烈，无序上访日渐增多，拦车堵路、冲击党政机关、殴打工作人员、举标语、拉横幅、呼口号、静坐等事件时有发生。在 2003 年全国“两会”期间，还发生服毒自杀、扬言跳楼和在北京天安门前集体下跪等恶性事件。

在这里，我要讲述的是一起因变相传销引发的群体性上访事件。

也许有人会问，谈“三农”问题为何以传销事件为案例？这与一名记者的社会责任感有关，作为一名记者，我认为首先要具备应有的社会责任感。从事记者工作这么多年，对于农民上访事件，特别是群体性上访事件，我向来抱着谨慎的态度。主要原因有二：

第一，记者介入上访个案采访，容易给当事人造成错觉。采访过程中，你可以做到不肯定、不否定、不表态、不误导，但面对“一把鼻涕一把泪”的农民兄弟，或面对义愤填膺的上访农民，你很难不动恻隐之心。你的神情、你的语气，哪怕你微微点头，都可能会给对方以“赞同”“支持”，甚至是“鼓励”的错觉。第二，我个人不主张农民通过上访解决问题，因为结果可能是“人财两空”。尽管不少农民上访是有理，甚至是有冤的，但我还是不主张农民上访。上访这一途径看似低成本，实际上是高成本，一个农民从踏出家门上访的那一刻起，就意味着他要放弃或部分放弃手上的农活儿，就意味着他将动用平日省吃俭用、多年辛辛苦苦积累下来的积蓄，一路上的遮风挡雨、吃穿住行，每一步花出去的都是他的血汗钱。如果是去省进京上访，农民一锄头一锄头的劳动、一滴一滴的汗水换来的一斤一斤的农产品、一分一分的人民币很快就会消耗殆尽。近年来，因访致贫、因访返贫，甚至因访致病、因访返病的案例不是没有。当然，某位农民通过上访引起某位领导的关注，从而彻底解决问题的也不是没有，但是这种概率犹如“中彩票”。

基于上面两点原因，在我手上，能够比较深刻反映农民上访难，同时又能够比较深刻反映群众诉求机制不畅的典型个案还真是少之又少。在这里，虽然我讲述的是一个因变相传销引发的群体性上访案例，主体是城市居民，但同样能够反映农民上访难的问题，同样能够反映群众诉求机制不畅的问题。这起事件记录了245位老人三年多的漫漫维权路。

2001年2月以来，《骞江晚报》多次刊登一则“招聘中老年人”的广告，广告称：艾尔高科技产品销售有限公司骞江分公司为推广国家星火计划项目，决定在骞江市各大区逐步建立若干分支机构和专卖店，特聘一批中老年员工从事管理工作(限65岁以内)，月薪1200—3000元。骞江市分公司地址：骞江市栖风路 88 号(原栖风派出所)。

几千元的月薪,这样的工作对于下岗和退休在家的中老年群体来说,自然十分难得。骞江市各大城区的老人蜂拥前往报名应聘。据了解,应聘者首先要交 80 元报名费参加一次招聘接待会。会上艾尔公司有关人士称,艾尔公司经营的产品是一种红外线医疗器械,一套售价 4000 元的棉被、床垫、枕头,糖尿病Ⅱ型患者和高血压患者只要使用产品数月,就可以不吃药痊愈,并称这分属“第四医学”,比需要打针、吃药的第一医学还要有效。为让受聘的老人尽快熟悉产品性能,公司允许他们按职位高低先行领取产品进行“免费体验理疗”,但要向公司交纳相应的“设备保证金”,如“主任”一级只要交纳 8000 元保证金,即可领回两套艾尔产品,三个月内免费使用,三个月后如不满意可退货,保证金如数归还。期间,如果介绍他人参加“免费体验理疗”,并完成一定的销售金额,还可以得到丰厚的报酬。

在这种诱惑下,一批又一批的老人不惜拿出养命钱交纳保证金,加入艾尔的“免费体验理疗”行列。据不完全统计,从 2001 年 2 月至 2002 年 2 月案发前为止，艾尔骞江分公司共举办11期招聘接待会，吸纳参加“免费体验理疗”的老人达810人，收取保证金324万元。

让老人们感到失望的是，交纳高额保证金领回的艾尔产品，其功效并非像艾尔公司宣传的“第四医学”那样神奇，对自己的病情并没有什么疗效，于是老人们又像当初领取产品一样一批又一批地将产品退还公司。起初艾尔公司还能履行协议，如数归还保证金，可到后来，“白手起家”玩“空手道”的艾尔公司再也拿不出钱来。调查发现，艾尔公司主要依靠不断吸取保证金来支付到期的保证金，公司员工的工资、房租及日用开支也是从保证金中支付，到了后期，艾尔公司的经营状况就好比“8个杯子7个盖”，怎么也填补不了已被挥霍的那部分保证金。案发后，还有245人近100万元的保证金无法退还。

退休工人盛有望是这场骗局的受害者之一，当初他在艾尔公司的鼓吹下参加了“免费体验理疗”，设法凑足8000元领取了两套艾尔产品，并签订了《免费体验理疗协议》，3个月后，盛老汉跑到公司要求退还产品，公司却拒绝归还保证金。

“这可是我半辈子攒起来的辛苦钱!”兰文君在一家设计院工作,老母亲患有静脉炎、冠心病等多种疾病。2001 年 11 月,她交了 4000 元保证金领回一套艾尔产品,使用一段时间后,见母亲的病情并未好转,情急之下前往公司索取保证金,同样血本无归。

……

诸如此类事件不断重演。迫于压力,2002 年 2 月底,艾尔蹇江分公司负责人潜芳到东城区工商分局投案自首,同年 9 月,以非法经营罪被判处有期徒刑 5 年,罚金 38 万元。据了解,艾尔公司用同一伎俩在全国多个城市蒙骗群众,其法人代表赵洪、上海分公司经理柳才来(原蹇江分公司经理)此前已在上海归案。

报纸广告明明白白写着艾尔公司推广的是一个“国家星火计划项目”“国家级重点新产品”“国家科委鉴定的科技成果”,谁能料到竟是一场骗局。245 位老人在后悔当初轻信艾尔骗局的同时,开始了他们的维权行动。

“工商局是干什么吃的?”老人们首先把矛头指向工商部门,蹇江市东城工商分局成了他们维权的第一站。

老人们群情激奋当面质问该局有关领导：

艾尔綦江分公司于 2001 年 2 月 6 日在綦江市工商局登记注册，直到 2002 年 2 月该公司负责人潜芳投案自首，刚好是一年时间。该公司营业执照注明的经营范围是“批发、零售艾尔品牌纺织品”，而实际上，从一开始就进行“医疗器械”的推广。尽管该公司在省药监局备了案，“经营第一类医疗器械”，但备案时间却是在工商登记注册 10 个月后的 2001 年 12 月 26 日。

老人们指出，早在艾尔綦江分公司成立之初，他们就怀疑艾尔公司是在搞传销，并多次向工商部门电话咨询、反映，得到的答复均为“不是传销”。

2001 年 2 月 27 日和 3 月 2 日，綦江两家媒体先后刊登了质疑艾尔公司经营行为的报道，一些老人陆续打电话给工商部门反映情况，但都没有引起足够重视。一位老人还向他在工商局当副局长的亲戚咨询，得到的回复是：艾尔家大业大，靠山硬得很。更令人费解的是，2001 年 11 月，艾尔公司董事长赵洪、上海分公司经理柳才来在上海被捕后，綦江分公司依然继续从事非法经营，疯狂收取保证金。拿不回保证金的245位老人，主要集中在2001年下半年，其中相当一部分是在上海案发之后加入艾尔的。

老人们说，如果工商部门在接到群众举报后就能介入调查，他们也不至于受骗上当。他们认为，正是由于工商部门的不作为导致了严重的后果，骞江市东城区工商分局有着不可推卸的责任。

很多时候，政府部门不作为，其危害甚于错作为。

面对老人们的质问，东城工商局有关领导哑口无言，转身叫经检大队大队长张明负责接待处理。

局长哑口无言，队长还能说什么呢。在老人们之后的几次上访中，张队长始终“热情接待”，又是泡茶又是让座，但就是“死不开口”。一些老人反复追问一个问题，当初工商局认定艾尔公司的经营行为“不是传销”有何依据？有没有经过调查？最后张队长被逼急了，情急之下说漏了嘴：“回复你们‘不是传销’，是请示了上级工商部门以后做出的。”

老人们还认为，艾尔骞江分公司的非法传销活动与公安部门“有脱不了的干系”。

他们反映，艾尔骞江分公司租用的经营场所，产权属骞江市东城区公安分局，并且公安分局已收取了13万元的租金。老人们认为，公安机关在配合有关部门取缔艾尔传销活动的同时，应收回出租的房屋，退出全部租金，返还受害群众，但公安分局却置之不理，这种行为涉嫌“支持、包庇、纵容传销和变相传销违法活动”。

东城区公安分局监察室副主任吴全力说，该房一直归分局下属的“群乐公司”使用，局里并没有收取租金，后来公司与局机关脱钩，但房子仍然由群乐公司使用。

该局经侦大队袁副大队长说：“群乐公司取得的租金无须追缴，因为他是善意取得，他在出租房子时并不知道艾尔骞江分公司从事传销，这种情况可以不追究责任。”

老人们则认为，东城区公安分局为了保护自己旗下公司的利益，对非法传销活动“网开一面”。

工商部门“行政不作为”，公安部门“网开一面”。老人们只能依仗作为维护社会公平公正的最后一道屏障——法院。

闽月光老人是艾尔公司非法传销的受害者之

一，为维护自己的权益，老人一纸诉状将艾尔公司及其法定代表人赵洪，骞江分公司及其负责人柳才来、潜芳告上法庭，请求法院判令被告返还设备保证金4000元。

2002年6月6日，东城区法院做出民事裁定，予以驳回。法院认为，闽月光与艾尔骞江分公司签订的免费体验理疗协议经公安机关立案侦查认定为变相传销。柳才来、赵洪、潜芳因涉嫌非法经营罪均已被公安机关依法逮捕，据此闽月光要求被告返还的保证金，根据有关规定应先予追缴或退赔，若经过追缴或退赔仍不能弥补损失，闽月光可再行提起民事诉讼。现闽月光的损失尚未进行追缴或退赔，故对其起诉应予驳回。

2002年9月，赵洪、柳才来、潜芳因从事变相传销活动，被以非法经营罪分别判处三年六个月至五年不等的有期徒刑，并处34万元至38万元不等的罚金。随后闽月光再次向东城区法院提起诉讼，要求返还保证金。法院认为，闽月光与被告之间的行为属国家禁止的传销，不属于人民法院受理民事诉讼的范围，再次裁定驳回闽月光的起诉。闽月光不服，向骞江市中级人民法院提出上诉，2003 年 7 月，该院做出终审裁定，驳回上诉，维持原裁定。

带着诸多疑问，以沈先国为代表的受害老人群体就闽月光一案多次到东城区法院咨询，但每次都被挡在门外，审理此案的法官在电话中说："你们不是本案当事人无权查询，法院不对外咨询，你们可以另行起诉。"沈先国说："闽月光一案已被驳回，现在又要我们起诉，这不是在愚弄百姓吗？"

从工商部门到公安机关再到法院，老人们几乎已经无路可走。冤有头，债有主，老人们想到了那则招聘广告。

沈先国等人拿着刊有那则广告的报纸找到了报社广告部，想对这则"虚假"广告是如何出笼的探个究竟。

该报一位姓刘的工作人员说："对这个广告我印象很深，在我们报上刊登多次，起初我拒绝受理，因为在当时刊登招聘广告是需要有关部门审批的，可是来人很'牛'，说要去找我们领导，后来不知怎么给他批出来的。"

沈先国等老人愤怒了："现在一些媒体就像'妓

女’，有钱就能上（版面）。”

在四处碰壁的情况下，老人们开始了艰难的上访历程。从他们的“上访记录”看，在一年时间里，他们发出了几十封申诉信，走访了诸多部门，饱尝了上访的艰辛。笔者整理如下：

上访记录

（1）东城区公安分局

2003 年 11 月 26 日，东城区公安分局回函答复“艾尔公司的办公用品等财物已移送东城区人民法院处理”。但对 13 万元房租和诸多行政不作为问题避而不答。

当前信访工作出现“四大怪圈”——信，转来转去；访，无穷无尽；账，越欠越多；人，忽冷忽热。

2004 年 1 月，东城区公安分局监察室的一位领导电话告知问题已处理完毕，信访结束。我们当即提出房租问题和行政不作为问题怎么处理，又避而不答。

2004 年春节后第一个上班日，我们又找监察室的那位领导，他找了经侦大队的两位负责人来回答问题，他们承认房子的产权属于东城区公安分局，但对 13 万元违法租金问题沉默不答,他们不愿追查此事,并说信访到此结束。

(2)东城区人民法院

闽月光案件裁定后,我们多次找东城区人民法院,要求院长接见,立案庭的人回答:“你既非原告,又非被告,院长很忙,不予接待”,“凡不是案件当事人一律不见”。

(3)东城区信访局

2003 年 10 月 15 日上午,信访局办公室。一位领导与我们谈了十来分钟便离开了,由律师接谈,律师回答,艾尔公司已倒闭,问题根本无法解决,劝我们自认倒霉。

后来多次上访,请求区领导接见,信访局有关人员回答,领导出差了,没有空。电话询问领导接待日的确切日期,信访局一位女同志回答,接待日不固定,需要预约。我们请求预约,并留下我们的电话号码,从此杳如黄鹤。

再次到东城区信访局,一中年女同志干脆回答:“领导讲过了,你们的问题不接待。”我们让她拿出《信访条例》按章办事,她无言以对,转身离开。

(4)东城区政府

2003年10月中旬，我们找过区人大后再找区政府，向区政府办公室一位领导详细介绍了情况，他当即将信访材料批转给信访办“协调处理”，但从此便无下文。

(5)东城区人大常委会

2003年10月中旬，我们找区人大反映问题，门卫不让进，无论怎么解释和央求都无济于事。我们毫不客气地指出，他这是典型的官僚主义和衙门作风，区级机关应该面向群众，搞得如此戒备森严，还谈什么为人民服务。我们提出要给人大办公室打电话，门卫也不同意。我们明确表示，如果连电话都不让打，就闯进去了。后来一个人路过，劝门卫打电话，终于让我们进去了。我们向区人大办公室反映区工商分局、公安分局、人民法院等行政不作为和违法问题，希望人大发挥监督作用，有关人员回答：“人大不好办，还是要找信访局。”

一个月后，我们又找区人大。一位同志说：“已同信访局联系过，由他们具体负责解决。”

过了一段时间，再找区人大，得到的答复仍然是要我们找信访局。

(6)东城区委政法委

2003年10月下旬,区委政法委办公室一位领导接待我们上访,他答应了解情况后再说。

2003年12月下旬,政法委这位领导说,我们给市委政法委的信,市委副书记已有批示,让东城区法院对我们的问题做出答复,要我们回家等待消息。

2004年2月初,春节后的第一个工作日,我们又到区政法委,这位领导答应同东城区公安分局协调,看看能否从13万元的租金中拿出一部分来退还保证金,并说万一不成,最好找法院打行政诉讼官司。后经多次电话催询,均回答再等一等。

2004年5月上旬,我们又到区政法委询问结果,这位领导在外面开会,经政治处的同志电话询问,他说已将材料转到东城公安分局,尚无答复。

(7)东城区纪委

2004年1月,区纪委同志答复已将材料转下去了,尚无答复,等春节后再说。

2004年2月春节过后,我们再找区纪委,回答仍是尚无答复。

有关部门和领导推诿作风严重，信访局成了他们的“挡箭牌”。

信访记录

2003年11月18日发出挂号信4封：省委、省人大常委会，骞江市委政法委、市人大常委会；平信21封：省政府、省委政法委、省纪委，市委、市政府、市纪委、市监察局，东城区委、区政府、区人大常委会、区纪委、区委政法委、区公安分局，省法制报、省工人日报、骞江日报、城市快报等。

2004年5月16日发出挂号信6封：省委、省委政法委、省纪委、省政府，骞江市委、市委政法委；平信3封：省政府有关领导、省检察院有关领导、省公安厅有关领导。

2004年5月18日发出平信5封：省工商局有关领导、骞江市政府有关领导、市纪委有关领导、市监察局有关领导、市工商局有关领导。

至今仅收到骞江市委政法委执法监督室、东城区公安分局、东城区工商分局回函各一封，但都没有回答实质性问题。不少信件转了几个圈后最终又回到信访局,真的像一些人说的那样,信访局成了“邮政局”。

最后,老人们得出一个结论:上访,十人九推;去信,十信九空。

城市居民吃在城里、住在城里、工作在城里,有退休工资、有医疗保障、有文化知识、有人脉关系,他们上访尚且如此困难,可以想象,“什么都没有”的农民,背井离乡进城上访是何等之艰难。怪不得,有上访人发出这样的感叹:上访难,难于上青天!

信访工作“老爷车”

信访,是透视一个地区经济社会发展状况和领导干部作风的重要窗口,是老百姓诉民情,申冤情,充满希冀,几近渴求的最后一个通道。然而,当前通道不畅、信访空跑现象日趋严重,以致信访方式日益升级,集体访、越级访、重复访与日俱增,人民内部矛盾演变为激烈冲突的集体性事件时有发生。

当前的信访工作机制就像一部“老爷车”,很难适应经济社会发展的“快车道”。

是什么原因造成基层信访工作部门运作不力,

少有作为?

2004年月3月,我带着“信访难”的问题下到了基层,从乡到县、从县到市、从市到省,对群众信访的第一道关口——县级信访机构展开了调查。

调查发现,不管是经济发达县(市)还是欠发达县(市),土地征用、房屋拆迁、村级选举成了群众反映的主要问题。县级信访机构给人的第一印象就是事多人少、有责无权、难有作为,信访工作体制就像一部“老爷车”,很难适应经济社会发展的“快车道”。

印象一:信访机构庙小僧少。多年来,全省县级信访机构一直按二级局(副科级)设置,随着信访形势越来越严峻,2003年以来大部分县级信访局的主要领导已按正局级配备,但机构仍然保留二级局,信访局实际上还是县(市)委办公室内设的一个科室。尽管不少地方的人大、纪委、法院、检察院、公安局等部门也设有信访室,但有关工作人员多为兼职,而且与党政信访机构职能重叠,相互间又缺乏沟通,往往导致信访问题多重受理,造成信访资源浪费。乡镇信访工作基本处于“谁都可以管但谁都管不了”的局面。

省会城市骞江市所属的安林县有51万人口，2003年县信访局接待群众来信来访比上年下降了9%，但仍达到3700多件(人)次。全局核定行政编制只有5名，实有领导职数2名(局长、副局长)，工作人员3名，每天的接访工作主要落在一名25岁的年轻干部身上。“不要说解决问题，单是来信来访登记都来不及。”这位年轻干部这样对我说。

不仅信访机构的地位与信访形势不匹配，信访工作干部队伍素质也比较低，普遍存在年龄偏高、学历偏低、知识老化的问题。骞江市东城区信访局算得上是一个信访“大局”，2003年受理群众信访总量达14127件(人)次，在全局12名工作人员中，40岁以上有9人，年龄最大的59岁，本科学历只有3人而且是理工科应届毕业生，法律专业只有1人。

调查了解到，县级信访机构专职信访干部平均每个县约5人，本科学历约占30%，法律专业约占15%。与此形成鲜明对比的是，2003年县级信访部门受理群众来信来访都在1000件(人)次以上，多的达到4000多件(人)次，一些县(市)的涉法信访案件占了50%左右。

吉县信访局副局长孙彬说，近年来各地在抓政府职能和干部作风转变中，都做出了“有事找政府”的承诺，信访工作机构自然成了群众反映问题的主渠道，相对于量大面广的信访问题，信访工作机构和信访干部队伍确实显得“庙小僧少”。

印象二：信访工作有责无权。调查发现，各地在处理群众信访时，存在主体错位的问题，以“协调、监督、检查、建议”为主要职能的信访工作机构往往被推上化解矛盾的第一线，而真正掌握“实权”的政府职能部门却“躲在后方”。

由于信访工作机构对其他政府职能部门缺乏应有的约束力，致使大部分信访事项被无形消化，许多信访件批转到有关部门后就石沉大海，这是造成重复访、集体访、越级访的一个重要原因。

安林县信访局副局长李正风说，县级信访工作机制违背了管理学的“责、权、利均衡”原则，一个负有重大责任的部门却仅仅是“内设机构”，一个要解决许多问题的机构却“没有实质的权力”，“游戏规则”存在缺陷，“游戏过程”就必然会发生矛盾和碰撞。

调查了解到，许多县级信访机构的“二级局”特征，使这些县(市)的信访局在管理体制上隶属于地方党委和政府办公室，在人、财、物上都没有实现独立，而信访机构“协调、监督、检查、建议”的职能又决定了它对政府各职能部门缺乏约束力。

骞江市东城区政府办公室副主任马一鸣告诉我，骞江市5大城区的信访局仍然按二级局设置，隶属区委、区政府办公室，信访局“连任命一个中层干部也没有权力”。

棋州市一位不愿透露姓名的信访干部说，信访工作难就难在对信访问题的督查督办上，作为二级局的信访机构要去监督一级局的政府职能部门，显得很不顺。

基层信访干部普遍认为，信访部门权力有限，造成信访干部不敢大胆做事，对一些信访问题“不得不看领导的脸色行事，否则收不了场”，特别是对重大信访案件，“领导的态度明确比较好办，不然很难做，领导的意见正确还好，不然更难办”。

县级信访机构的“尴尬地位”，加上信访工作“难、繁、杂、忙”的特点，使人感到信访工作是个“苦差事”，信访干部“没奔头”。

骞江市东城区信访局局长方永清说，近年来基层信访干部队伍存在“三个90%”——90%的信访局长不想干；90%的信访干部想换岗；90%长期从事信访工作的干部有心理障碍。他说：“如果把信访部门拿来招标，是不太有人愿意来投标的。”

采访了解到，2002年安林县委办公室实施内部竞争上岗，结果信访科长这个岗位竟然无人报名。该县曾经实施末位淘汰制，结果组织部门把末位被淘汰的干部安排到信访局工作。该县信访局一位干部说，有的领导只是口头上重视信访工作，其实骨子里并不重视。他告诉我，2003年县委班子成员只有两人来过一次信访局，县委书记已经两年没进信访局的门了。

调查发现，越来越多的信访案件，使信访部门有限的权力、效率与老百姓对解决问题的迫切愿望，形成了强烈的反差。由于信访机构对政府职能部门缺乏约束力，大部分信访事项被无形消化，许多信访件批转到有关部门后就石沉大海，这是造成重复访、集体访、越级访的一个重要原因。

采访了解到，2003年省信访局受理群众集体访400多批1万余人(次)，同比分别增长20%和30%

左右。越级去京上访明显增加，仅2003年9月份，全省各地群众去京上访234批1288人(次)，同比约上升150%和380%。

干部考核制度就像一根"指挥棒"，直接左右着干部的"政绩观"。现行干部考核制度重"经济硬指标"轻"社会软环境"，直接导致一些干部重视"显性政绩"而忽视"隐性政绩"。

印象三：干部考核重经济轻信访。越城市委2003年对县(市、区)的工作目标考核分为四部分内容：经济发展实绩、社会发展环境、党的建设和市级领导综合考评，考核分值分别是70分、15分、5分和10分。信访工作分列第二部分，只设3分。

与此相对应，越城市下辖的越县对乡镇(街道)的考核分为经济建设、党的建设和精神文明建设、县领导考评三部分内容，分别设55分、35分、10分，信访工作也仅占其中3分。

调查发现，县级信访工作考核制度分两种：一是把信访工作纳入年度综合考核(总分100分)，信访工作往往只占其中的3—5分；二是对信访工作单独实行百分制考核，但与经济工作考核相比，对信访工作的考核力度明显偏小。

骞江市东城区信访局局长方永清指出，在这种考核制度下，一些乡镇对信访问题往往只是由分管领导和一般干部处理，集体访发生后，一般也都是分管领导赶到现场，主要领导到场率不高，从而使一些本来可以在当地解决的问题，因得不到及时解决或足够重视，使问题拖大拖难，造成越级访、集体访。

棋州市金橘区从2003年开始实行信访工作单列考核，但与经济工作考核相比，对信访工作的考核力度明显不够。2003年这个区从财政拿出300多万元奖励经济工作搞得好的乡镇，经济指标完成最好的乡镇，书记、乡长分别可得奖金5万元。而对信访工作的考核却没有设立奖金，只是给予精神上的鼓励，年终给信访工作先进单位“发一面锦旗”。2004年这个区层层签订信访工作责任书，区里对信访工作先进单位，分别给予1500—3000元的奖励，但这与考核经济工作设立的奖金相比，实在有天壤之别。

一些基层信访干部直言，很多领导干部“根本不在乎这点奖金”，领导干部“最怕动他的帽子”，所以最有力度的考核还是组织上的考核。但据反映，组织部门考察干部时，虽然也会向信访部门了解拟提拔干部的情况，但只是“问问有无违法乱纪问题”，至于拟提拔的干部对信访工作是否重视、信访工作干得好不好“并不重要”，在干部任用中因信访工作没做好而被否决掉的“基本没有”。

明山市委书记李勉说，干部考核制度就像一根“指挥棒”，直接左右着领导干部的“政绩观”。现行干部考核制度重“经济硬指标”轻“社会软环境”，直接导致一些干部重视“显性政绩”而忽视“隐性政绩”。他认为，评价一个干部不但要看他做了多少事、什么事，还要看他留下了一个什么样的环境。

官员越是“压”，百姓越要访；官员越是“怕”百姓上访，百姓越觉得“你心中有鬼”。

印象四：责任追究重遏制轻疏解。调查了解到，近年来面对“信访高潮”的出现，不少县(市)出台了信访工作责任追究制，实施“一票否决”，对信访工作差的单位，取消其当年评比先进资格，主要领导原则上不能提拔重用。

但调查发现，这种责任追究制往往侧重于对上访量的“遏制”，而不重视对信访问题的解决。

越县 2003 年对信访重点管理单位的考核采取计分办法，办法规定：发生“越级去京个体上访每一人次计 2 分；越级去省集体上访，每一批 5—10 人计 5 分、11—50 人计 10 分、50 人以上计 15 分……”；要求信访重点管理单位当年度达到“无越级去京集体上访和个体上访，无越级去省集体上访，来本县和到越城市集体上访、个体上访、重复上访的三项数据低于全县平均水平”。

吉县县委、县政府 2004 年分别与联系片领导、部门、乡镇签订了《信访工作目标管理责任书》，也同样是从“控制”“减少”“不发生”上访的导向去考核，没有引导基层变“堵”为“疏”，转到解决信访问题上来。

吴营县委宣传部副部长金海锋说，立足“控制”的责任追究制存在导向错误，为了尽可能“不发生上访”，一些基层干部就简单地对信访群众采取“堵压”，而不是想方设法去为群众解决问题，这是引发干群冲突事件的根源之一。他说，干部越是“压”，群众越要访；干部越是“怕”群众上访，老百姓越觉得“你心中有鬼”。

已在乡镇工作 30 多年的吉县白云乡党政办主任金锐认为，出台责任追究制目的是促使干部真正去解决信访问题，如果单以“上访量”去考核信访工作，下面的干部面对群众信访，往往只是“平息事态”，而不是解决问题。

有关专家指出，现行的干部考核制度重在干部“能上”这一头，而对干部“能下”这一块缺乏可操作的办法。就以信访工作来说，必须建立起让信访工作搞得好的干部“能上”、搞不好的干部“能下”的制度，但现实情况是，领导干部没有抓好信访工作往往只是“不重用”，而不是“不用”，这样的责任追究制对干部没有太大的震慑力。

调查发现，当前的信访工作体制已经很难承载日益增多的群众信访，严重堵塞的诉求渠道致使信访工作出现“四大怪圈”。

谁都可以管，就意味着谁都可以不管；谁都有责任，就意味着谁都没有责任。

怪圈一：信，转来转去。庆德县一位法官告诉我，在每年的信访统计中有一个怪现象，那就是重复信、重复访占了相当大的比例。他说，信访量年年升而不降与重复信访有很大关系，一些信访件从基层到中央“旅游”了一圈又一圈。

太州市有一位老人因不服法院判决，从1964年开始上访，四十年来，他每月都要给各级、各部门领导写信申诉，他的信访材料被批来转去，就是找不到一个能落实解决的部门。更有甚者，就同一事件，部门前后批转的意见不一，部门间批转的意见也不一。这一方面说明层层设置的信访工作机构存在信息不畅的问题；另一方面说明“以批代办”“以转代办”现象在信访工作中已相当普遍。

一位乡镇领导说，现在的政府职能部门职权界定模糊，老百姓一旦碰到问题，似乎觉得哪个部门都可以找，哪个部门都可以管，这一现状带来两个不正常现象：一是申诉“满天飞”，老百姓为解决一个问题要写很多的信，唯恐落下某一个部门；二是批示“满天飞”，哪个部门接到信访件都觉得自己管不了或可以不管，自然就批转了之。这位乡镇领导说：“谁都可以管，就意味着谁都可以不管。”

调查采访中，一些干部对建立信访信息网络体系呼声强烈。他们说，现在各地政府花大量的财力建广场、开节会、扩道路，为什么就舍不得拿出钱来搞信访信息网络呢？

从某种意义上说，这条反映民情民意的通道更重要，谁写过人民来信，谁在哪一级哪一部门上访过，上网一查一目了然，再根据信访工作归口处理、分级处理、原地处理的原则，与应当处理地的有关部门取得联系，就可以减少或避免重复访、越级访和滥访的问题，上访量自然就下降。通过这一网络还可以对倾向性、苗头性、预警性信息和已发生的上访信息进行广泛地收集整理，并进行通报，使有关部门提前开展工作，避免各级都在当“门诊医生，关门接诊，乱开药方”。

“无限上访”呼吁建立信访终结机制，彻底处结部分缠访案件。

怪圈二：访，无穷无尽。调查中有不少干部反映，“无理缠访”已成为各地信访工作部门十分头痛的问题，部分上访案件经过多次复查，均认定原裁判正确，但上访人出于各种原因仍缠访不断。

在处理缠访案件中，有的地方为求一时清静，给缠访人一些好处。有的缠访人达不到自己的目的，就以到省进京上访向地方政府施压，甚至冲击国家机关，造成恶劣影响。太州市委副秘书长林芸说，“无限上访”呼吁建立信访终结机制，彻底处结部分缠访案件。

调查了解到，太州市在2004年上半年开展的集中处理涉法上访问题专项工作中，推出了申诉听证制度，对一些历时已久，特别是涉及有关政策和历史问题的案件，法院通过复查听证的方式使之“人走案了”。

2000年底，兴水县发生一起拆迁补偿纠纷案，当事人不断去省上访，太州市中级人民法院立案庭先后两次对拆迁价格等有关政策性问题进行听证，最终上访人撤回申诉结案。在集中处理涉法上访问题中，太州市通过申诉听证方式息访的疑难案件有7件。

太州市中级人民法院立案庭庭长何晓说，听证这种复查方式公开、公平、简便、快速，把法院的申诉复查立案工作与信访工作有机结合起来，以“定时听证、有诉有听、当场举证、人走案明”的效率原则，变消极立案为积极立案，解决了当事人“申诉难”的问题。她强调，听证时，可邀请人大代表、政协委员及普通群众旁听，让社会全面了解案情。

怪圈三：账，越欠越多。海竹县政法委副书记刘伟良说，因为缺乏应有的权力，信访部门“欠账”越来越多,不少问题起初并不大,但拖来拖去,老问题没解决,新问题又产生。他说,随着上访成本不断增加,上访人的心理期望也越来越高,有的上访人甚至因长期上访而产生精神偏执。调查了解到,海竹县有一个41岁的农村妇女,8年前在一次交通事故中受伤,因为伤害赔偿得不到有效执行,多年来不断上访,并两次进京。2003年“两会”前夕,海竹县有关部门想方设法帮助其拿到7000元赔偿金,但农妇却拒绝接受。为什么?8年的漫漫上访路,使她变成了一个嫁不出去的“黄脸婆”,哪是7000元能补偿的!

怪圈四:人,忽冷忽热。每逢重大节会,比如春节、国庆等重大节假日前后,党代会、人代会等重大会议召开前后,各地为保持社会稳定,往往会集中力量处理信访问题,也确实有一些信访疑难案件得到解决,但随着节会的结束,各地又会很快“冷”下来,回到原点。海竹县政法委副书记刘伟良说,这种集中行动效果虽好,但治标不治本,突击行动搞多了,容易使一些部门和干部养成“上面不抓,下面不动”的习惯。

众说纷纭话"批示"

信访工作体制机制滞后，直接导致诉求管道堵塞、信访案件积压，信访空跑问题突出，领导批示便成了解决信访问题的"直通车"。

省委、省政府的信访工作信息显示，2003 年省委、省政府主要领导指导信访工作的批示件有 156 件。全省各市、县党政领导每年阅批群众来信约占两级信访部门受理来信总数的 20%—30%，市、县两级领导每年亲自处理信访问题几千件。

领导批示成了解决信访问题的"直通车"。领导批示的巨大威力，助长了一些官员"不批不办"的恶习。

大量的领导批示有没有落地？2004 年 7 月，我就此问题再次下基层调研，调查发现，有三大问题值得重视。

问题一：群众满意率"10%"，落实不了的"10%"。以安林县为例，2003 年该县党政领导共阅批群众来信 400 多件，约占信访局受理初信总数的 50%，领导批示立案率 100%，结案率 98%。由此看来，安林县关于信访工作的领导批示件基本落地。

然而，该县信访局副局长李正风却告诉我，基层在办理领导批示件中存有“水分”，“虽然批示答复率近乎100%，按政策落实或部分落实的也有90%，但按合理性落实到位的只有50%，种种原因落实不了的有10%，群众满意率只有10%”，“一些问题是在群众—信访局—领导之间飞来飞去消耗掉的”。李副局长说，对有的领导批示，“我坐在办公室里也可以答复得很漂亮，不需要下基层调查”，要解决一些难点问题，“关键在县党政主要领导，不然上面哪个领导批示都没用，下面都是在应付”。

该县一位不愿透露姓名的部门领导说：“领导批示不能一批了之，要不定期地进行检查，如果上面每位领导每年都亲自查办几封群众来信，下面就不敢糊弄了。”他说现在基层有两个现象值得注意：一是领导多，批示多。就全省来说，该县充其量是一个经济中等县，但副县长有7个，县委常委达11人，加上人大、政协的领导，如果每个领导每天批一件，就是三四十件。二是小领导，大群众。一些新提拔的年轻领导干部不了解基层情况，下面的干部往往“不买账”。有些基层干部“唯权不唯实”，对上级领导批示也要看看是哪位领导批的，“有的也不当一回事，迟迟不落实”。

一些干部群众认为，上级领导批示要求处理的一些问题，如果牵涉下级有关领导干部，处理结果难保客观公正；如果上级批示只是为了要一个“报结”，就难免被蒙骗。

有的领导批示到了基层犹如强弩之末，在地方保护主义面前显得十分乏力。

问题二：落实不了的“10%”与地方保护主义。綦江市东城区信访局局长方永清一针见血地指出，落实不了的“10%”的领导批示，往往是群众反映最为强烈的问题，这“10%”涉及地方的利益，干部的“政绩”，官员的“乌纱”，也正是由于这“10%”使政府和干部在群众中“评价不高”。

调查采访中，有群众总结出一些地方处理难点问题的“三部曲”：事件发生后，先是尽量“捂盖子”，为了防止事态扩大，甚至不惜采取非常手段；如果群众已经把问题捅上去了，上级领导也批示了，再想方设法百般解释，或说“群众反映的情况失实”，或说“问题已经解决”；实在过不了关，就“深入调查”一番，做一个似是而非的结论上报，同时在“总结与反思”中划上“报结”的句号。

调查了解到，2003年，江东市一所民工子弟小学反映，该校首批毕业生升学面临困难，问题经媒体披露后，引起省有关领导的高度重视，并做出批示。对此，当地有关部门干脆以学校反映的问题“不存在”报结，结果学校不仅问题没有得到解决，校长反而遭来“一顿臭骂”。

土地征用、房屋拆迁是群众反映的热点问题。2003年，南河县开发区将一块原本用于道路建设的土地出让给一家企业，这家企业未批先建引起群众不满。省有关领导批示后，当地有关部门立即给企业补办用地手续，违法用地自然也就合法化了。据当地一些群众反映，开发区为此不惜“修改规划”。

一位信访干部坦言，很多时候领导批示是管用的，但有时也未必管用，个别批示到了基层犹如强弩之末，在地方保护主义面前显得十分乏力。特别是上级批示的问题，如果影响到下级有关领导干部的“仕途”和“乌纱”，解决起来就很难，涉事的干部会联合起来对付上级。

批示一旦不起作用或作用不大，就会带来极其不良的影响，部分群众就此认为“官官相护”。对此，一些基层信访干部提出两点建议：一是领导批示后，一定要将下级上报的处理结果与老百姓见面，不然容易被蒙混过关；二是落实批示时，在解决具体问题的同时，还要追究有关领导干部的责任，否则，一个问题处理了，下一个问题又接着发生。

领导批示现象进一步加深了老百姓的“人治观念”和“清官思想”，使得许许多多的信访群众总是把解决问题的希望寄托在“包青天”身上。

问题三：领导批示的“威力”带来的“负影响”。太州市信访局局长林云志说，现在有些久拖不决的问题，确实是领导一批就解决。他指出，领导批示的巨大威力，首先助长了一些官员“不批不办”的恶习。

调查了解到，棋州市有一个村支书多年来私自批建民房，骗收建房费用，还侵占集体资产，村民为此上访不断，但一直未能引起政府有关部门的重视。此事经媒体披露后，当地主要领导立即做出批示，这个横行乡里十多年的村霸三天就“下马”了。

吉县信访局副局长孙彬指出，领导批示现象进一步加深了老百姓的“人治观念”和“清官思想”，使得一些群众总是把解决问题的希望寄托在“包青天”身上。他解释说，有的案件当事人各有“靠山”，一方找到县里，另一方就找到市里，最后演变成“批示大战”，令下级左右为难。实在找不到“靠山”的就捏造批示，据他反映，2002年吉县一名下岗职工因征地问题上访未果，竟冒充一位副省长在自己的信访件上“批示”，还捏造国务院办公厅信函，纠集群众闹事，要求当地政府解决征地补偿问题，后来公安部门发现批示和信函均系伪造，遂将其治安拘留。

骞江市东城区政府办公室副主任马一鸣告诉我，因为在群众信访中，“一信多投”的情况比较普遍，由此容易造成“多头批示”的问题，一些本来并不复杂的信访问题，依照相关规定本可解决，却因众多的领导批示使下级瞻前顾后、举棋不定。但他认为，不管是现在还是将来，信访工作中的领导批示都不能取消，也不可能取消，至于领导批示该怎么批，哪些该批、哪些不该批，值得商榷。

一位法学教授认为，不管领导批示起不起作用，它都有游离于法治之外的“人治”之嫌。领导批示从正面看，体现了执政为民的思想和宗旨，至少可以起到“亡羊补牢”的作用；但从另一个方面看，领导批示客观上强化了权力大于法律的导向，它虽然可以使少数人“沉冤昭雪”，却进一步加深了社会的不公，因为能得到领导批示的人毕竟是少数。他说，依法治国首先要限制政府官员的权力，领导在做出批示时，应当想到自己的批示是否违反和触犯了法律和规章。

只要有人“击鼓鸣冤”法官就应“闻鼓升堂”

2000年后，全省各地涉法信访案件逐年增加，不少县(市)的涉法信访案件占总信访量的比例已经过半，个别县(市)甚至达到70%。大量的涉法案件涌向信访部门，直接原因就是司法救济成本太高，信访成了群众直接而“廉价”的诉求渠道。

当前群众上访日渐成为审判机关一大沉重的包袱，急需建立一个法院“有诉必理”、法官“闻鼓升堂”的涉法信访工作机制。

2004年2月至8月，太州在全市范围内开展涉法上访问题集中处理，在集中处理的135件涉法上访案件中，对公、检、法裁决不服的有61件，反映政法部门及其工作人员违法违纪和执法不力的有49件，涉及法院的有91件，法院成为处理涉法上访问题的焦点。为此，我专门采访了太州市中级人民法院立案庭庭长何晓，作为有着多年处理涉法上访问题经验的法官，她畅谈了涉法上访案件的成因。

成因一：法院“独立”难保。何晓指出，司法体系及其法官是一个“特殊群体”，只有与社会要求相对隔离，才能产生中立性和公信力，而目前法院的人、财、物都受制于地方，很难保持中立。她说，现在的法官并不能独立行使审判权，所谓的“独立”是指法院集体独立，集体独立有时就意味着法官个体不能独立，何况法院的“独立行使”有时也不能得到保障。

另外就是“执行难”问题。何晓说，对权利人来讲，好不容易有了结果，可最后却是“一纸空文”，不免对司法权威产生怀疑；对义务人来讲，虽然输了官司，可拖了几年却依然如故，不免对司法权威产生惰性。

成因二：判决终审不“终”。何晓指出，一个裁判的结果对人民法院来说只是工作中的一部分，但对当事人来说却可能是一生的转折点。所以，为了防止和纠正错误的裁判，法律规定了全方位的监督体系。

从司法部门内部看，本级法院设有审判监督庭，上级法院对下级法院有监督权，人民检察院对人民法院的审判活动也有监督权，这些监督都可以通过复查、抗诉而启动再审程序。

从司法部门外部看，地方党委作为领导机关，人大作为立法机关，对人民法院的审判工作都具有监督权，并能引起申诉复查程序的启动。而社会各界特别是新闻媒体也可以对法院的审判工作进行舆论监督，虽不具有法律上的直接效应，但给法院增加了社会压力。

何晓说，正因为监督机制的多元化，面对人民法院的终审裁判，当事人从思想上并不承认它的最终效力，他们的办法就是上访，找上级法院提审，找检察院抗诉，找地方党委干预，找人大进行个案监督，力图通过上访推翻已生效的对自己不利的终审判决。她指出，由于能够启动复查主体的多元化，导致了越级申诉、滥申诉、重复复查，形成了申诉状满天飞的怪现象，其结果可能是不该启动再审程序的启动了，应当启动再审程序的却没有启动。

成因三：法官良莠不齐。司法公正一般来说是通过法院、法官的司法活动来实现的，所以法院、法官的良好社会形象和业务能力是赢得社会公信力的关键。

何晓说，我国的法官队伍承载着繁重的审判任务，其总体素质是好的，但确有一些法官由于年龄、文化程度、身体状况等原因已不能胜任审判工作，也有一些法官审判作风简单粗暴，个别法官甚至被金钱、人情关系所困惑，贪污受贿枉法裁判。她指出，正是因为这些法官不良的社会形象以及错误的裁判，产生了一些冤案、错案、假案，引起了当事人的不服、不满，甚至走上上访之路。

成因四：判决缺乏公信。何晓说，法律规定二审可以不开庭进行判决，不开庭、不辩护、不举证质证，由此做出的判决，当事人当然要申诉。或者上下级法院通过某种沟通达成一致，成为实际上的“一审终审”，导致当事人到更高一级

二审可以不开庭；复查可以不公开；同一法院同类案件两种判决……法院裁判缺乏公信力，当事人自然要上访。

法院去申诉。沿用多年的申诉复查方式，一般也是以书面审查定“输赢”，办案法官与当事人不见面，复查过程不公开，当事人没有参与权、知情权，没有辩护权、辩论权，致使复查结果缺乏公信度，也使缺乏程序制约的法官产生随意性，在“暗箱操作”中有了“寻租”之机。

何晓指出，反思现状不难发现，有的判决实体并无大的问题，但判决道理讲得不清、前后矛盾；或一个法院对同一类型案件有两种判决；又或经过一审后二审改判，再审又回到一审的判决结果，等等，使当事人无法心服口服。

何晓告诉我，2003 年全国法院处理来访申诉超过 380 万人（次），而真正能进入再审程序的只占 4%，大量的上访案件从一个侧面反映了群众“申诉难”的问题，而“申诉难”主要难在法律程序尚不够明确的申诉案件“立案难”。她指出，目前公民的申诉权未被引起足够重视，由法官以自由裁量的形式随意取舍的现象普遍存在，不少群众的申诉难以进入法院申诉初审之门，申诉人徘徊在程序的殿堂之外，加之法院信访接待力量薄弱，致使长期以来对群众的来信、来访申诉以转信为主，甚至于积压为患。大量的申诉得不到及时的审查处理，申诉复查立案不及时、不规范、不依法的状况，使群众来信来访与申诉立案审查形成“栓塞”。

何晓认为，当前群众上访日渐成为审判机关一大沉重的包袱，改革和完善法院的信访制度，建立合理、科学的信访机制已成当务之急，建议建立一个法院“有诉必理”、法官“闻鼓升堂”的信访工作机制。

何晓告诉我，我国于1982年确定当事人的申诉权，1987年确立审判监督专门机构，但申诉复查程序仍缺乏完备的规则。她认为“程序正义”问题已成为当前司法公正的一个焦点，对涉法信访问题应该贯彻“有诉必理”精神。

何晓进一步解释说，“有诉必理”就是法院对来访人的申诉，必须以一定的组织形式和工作程序进行立案审查，不搞“入门选择”，也不搞“半虚半掩”，更不能把申诉人“拒之门外”，以保证每一位申诉人平等行使申诉的权利。她强调，“有诉必理”应当“理”得认真、“理”得慎重、“理”出公信，杜绝草率从事，杜绝讲形式走过场，用简单、通俗的一句话来表述，就是只要有人“击鼓鸣冤”，法官必须“闻鼓升堂”。

领导下访该何访

2003 年，海东省在全国率先建立领导干部下访制度，引导各级干部积极开展新时期群众工作。截至 2005 年初，全省市、县两级先后有 2 万多人次的领导干部下访，接待群众来访近 10 万人次，解决群众实际问题近 3 万个。这一制度不仅受到群众的普遍好评，同时引起全国各地的广泛关注。

如何让这项好制度长期有效地开展下去？下面是我在基层调查采访时听到的一些干部群众的声音。

让领导下访成为“专家门诊”。越县三湾镇党委副书记牛大力认为，领导干部下访直接面对群众，可以了解到大量的基层情况，掌握第一手材料，为决策提供参考依据，但领导干

领导下访可以当“门诊医生”，但更应该是“专家门诊”，解决的也应该是“疑难杂症”，特别是政策性的热点、难点问题。

部在下访中处理解决问题的方式方法值得探讨。他说，群众信访问题主要还得靠基层干部去解决，领导干部下访应尽量避免“包办替代”的做法，要立足于了解、督促和指导。

南松市下江区委办公室副主任张一凡说，“下级不能越级，上级也同样不能越级”，群众信访中的很多矛盾是多年积累起来的，通过“三堂会审”“八府巡按”的方式未必能解决，领导下访要多了解民情，少断个案。安林县信访局副局长李正风说，如果一些日常的信访问题也放在领导下访中去解决，往往给当地群众造成一种“基层干部没用”的错觉，不仅使基层干部在群众中的信任度下降，而且容易引发更多更高层次的上访。

无营县枫林镇派出所指导员毛哲栋认为，“信访洪峰”的出现，其中一个重要原因是一些政策存在问题，经济社会发展了，政策还是老样子，或是处理同样的问题，区域间的政策不统一。他说，领导下访可以当“门诊医生”，但更应该是“专家门诊”，解决的应该是“疑难杂症”，特别是政策性的热点、难点问题。他还认为，群众越级上访的一个不可忽视的原因，是一些基层干部素质水平不高，这些干部要么不通政策，要么作风疲沓，对群众反映的问题，或无从着手，或久拖不决。他建议，领导干部下访除了当好“专家门诊”外，还要认真检查基层信访工作，倾听群众对基层干部的反映，督促基层干部为民办事。

让领导下访成为“求是工程”。骞江市某县信访局的一位副局长坦言：“我不赞成县级领导干部下访，因为领导干部下访对于群众来说实质还是上访，形式上不同的是，领导干部暂时改变了接待群众的地点，与其搞这种形式胜于实质的下访，还不如让领导干部到信访局接待百姓上访来得实在，领导下访能办好的事，通过接访一样能办好。”“今天对老百姓上访拼命挡，明天又兴师动众下访，这就有‘作秀’之嫌，领导干部如果真正想面对群众，信访局是最好的地方，信访局应该是‘桥梁’而不是‘挡箭牌’。”

一些干部群众反映，领导下访怎么访一定要规范，现在有少数地方对领导下访事前进行“特殊安排”。他们认为，领导下访要有的放矢，力求实效，下访工作的具体安排不应该是接访地政府，而应该是本级政府，不然上级领导下访有下级官员跟着，日程事宜也由下面来安排，一些群众特别是老访户想见领导也未必能见到，这样一来，领导下访了解到的一些问题往往不是实质性问题。

太州市委副秘书长林芸认为，领导下访不能搞“一阵风”，要形成制度；领导下访不能“为访而访”，要通过下访带动日常信访工作；领导下访不能“就案断案”，要通过总结和预测不同区域的共性问题和趋势，出台新政策，调整老政策。如果没有坚强的制度做保证，领导下访往往容易走向形式化。

让领导下访“以案说法”。明山市委书记李勉说，领导对信访越重视，群众就越愿意上访，什么问题都想通过信访来解决，这种状况不改变，政府的工作会越来越被动。他认为，最根本的是，政府要把导致群众信访的症结解决在信访发生之前，政府在决策时必须科学化、民主化，程序上应该公开透明，让群众了解政府想干什么、为什么干、怎么干，从源头上防止矛盾和纠纷的产生。

领导下访要“慎法”，千万不要给老百姓造成“权大于法”的错觉。

骞江市一名律师认为，要彻底改变政府信访压力过大的局面，应该通过法律途径而不是行政手段，把矛盾的化解机制纳入法制化轨道，依法行政，依法处理纠纷和案件。他认为，一些地方的领导干部下访随行带有律师，这是好的，但不能让律师做“陪衬”，有关涉法信访案件可以交给律师答复或办理，该走法律途径的，就引导当事人通过司法途径解决问题，有必要的可帮助提供法律援助。他说，处理涉法信访案件“领导要服从于律师”，让老百姓切实感受到领导干部是知法、懂法、守法的，这也是领导干部依法行政最为直接的体现，比在农村普法中给农民发一本法律书籍、讲一堂法律课要来得实在。相反，如果一个本来就应该通过法律途径解决的信访案件，领导干部却通过行政手段进行解决，表面上是化解了矛盾，为群众解决了一个实际问题，实际上却留下了很大的“后遗症”，群众往往会通过这样一个案件的解决，片面地认为“权大于法”。这位律师强调，要让领导下访成为最贴近群众、最生动实际的现场普法讲座。

结束语

“三农”问题，同时也是“三难”问题——农村发展难，农业增效难，农民增收难。正因如此，破解“三农”问题，绝非一朝一夕、一地一事的问题，它涉及政治、经济、文化、社会和生态等各个方面，是一个渐进的过程，是一个艰难的过程，是一个有着风险和“阵痛”的过程。

笔者生于农村，长于农村，即便后来跳出“农门”进了“城门”也还是心系农村。作为大山的儿子，我对农村的山水草木有着特殊的感情，我对农民的酸甜苦辣有着切身的感受。我的调查采访手记谈不上什么研究，所持观点也谈不上什么独到，仅仅是把我在从事记者期间看到的一些现象，发现的一些问题，引发的一些思考，直接表述出来而已。限于水平和时间关系，疏陋谬误在所难免，敬请指正！

“三农”问题引发的关注，是其他很多问题无法比拟的。解决“三农”问题，没有现成的模式，也没有破解的密码，唯一的途径就是改革。对于改革，我认为首先需要一个宽松、宽容、宽大的环境，这“三宽”至少包含以下四个层面的意思：

一是不“扣帽子”。容许说真话、说直话，让更多的“说皇帝没穿衣服”的“天真孩童”冒出来。

二是不“抓辫子”。容许说错话、说偏话，让更多的“思想者”站出来。

三是不“闷棍子”。容许“先生小孩后领证”，让更多的“小岗村”冒出来。

四是不“打板子”。要鼓励成功，更要宽容失败，让更多的“失败者”站起来。

2015 年 5 月 21 日